# 科捜研・久龍小春の鑑定ファイル
# 小さな数学者と秘密の鍵

新藤元気

宝島社
文庫

宝島社

科捜研・久龍小春の鑑定ファイル

小さな数学者と秘密の鍵

目次

第一章
科捜研のリトル・ドラゴン
7

第二章
数学者の逃避行
91

第三章
起死回生の捜査
195

第四章
秘密の鍵の作り方
267

終章
報酬のお品書き
317

解説　吉野仁
327

# 科捜研・久龍小春の鑑定ファイル　小さな数学者と秘密の鍵

第一章
科捜研の
リトル・ドラゴン

『お父さん、聞いてる？』

パソコンのスピーカーから娘の千里の不満げな声が聞こえてくる。いけない、疲労のせいで少し集中力を欠いていた。

「ああ、聞いてる」

『じゃあ私、今何て言った？』

おそらく少しではなく結構な時間、上の空になっていたらしい。即答できずに黙っていると千里がため息をついた。

『写真！ 結婚式の動画で使うための写真をちょうだいって言ったの。とびきりかわいいやつね』

「ああ」

モニターに映る千里は口角を上げ、幸せそうにそう言った。

丸っこい顔の輪郭と妻によく似たたれ目が柔らかい印象を与えているが、性格は勝気で、私に似て負けず嫌い。おしゃれや流行には無頓着で、身に着けるものは全て機能性を重視するという合理的な思考も私に似ていた。

これでは婚期も遅れるだろうなという私の予想は外れ、千里は再来月に結婚式を控えていた。昨年の秋、千里が二十五歳になったタイミングで唐突に「この人と結婚するからよろしく」と交際している彼氏を紹介された。

『ねぇ、最近ちょっと疲れているんじゃない？　どうせまた働きすぎてるんでしょ。いつ休むわけ？　ある程度偉くなったんだから部下に仕事を投げて自分は休めばいいのに』

転職三回を経て今の企業に行きつき、運良く昇進を続け、今年度から開発部の部長の座に就いた。確かに多少は偉くはなったのだろう。しかし得られた地位の大きさに比例して業務範囲と責任の重さは増していく一方だ。

管理職の立場になると当然なのかもしれないが、現場の感覚を日に日に忘れつつある。がむしゃらに薬品の開発に明け暮れていたあの頃が随分と懐かしい。

『とにかく！　過労で倒れたりしないでよね。今みたいな不健康な顔で結婚式に出席したら恨むからね』

モニターの端っこのインカメ映像に目を向けると、やつれた顔の中年の男が映っている。体重の減少に伴い頬はこけ始め、目の下には濃いクマができていた。肌は干ばつ地帯のようにがさがさで、死に際の父の表情に近づきつつある。最近白髪の量も増え、確実に老化が進行している。これが過労によるものなのかは判然としないが、千里の言う通り休暇を取得するべきかもしれない。

『じゃあ、写真の件は頼んだからね。お母さんにはくれぐれも内緒ね。びっくりさせたいから』

私は適当に返事をして通話を切ると、ノートパソコンの電源を落としてデスクの脇に寄せた。今度はカバンの中から会社用のノートパソコンを取り出してデスクに置き、電源ボタンを押下(おうか)する。

今日は土曜。本来であれば休日だが、仕事をするために、自宅から数キロ離れた場所にある別宅に来ていた。別宅と言うと聞こえはいいが、数年前に他界した両親の持ち家を譲り受けただけで私財に余裕があるわけではない。売っても良かったのだが、「おじいちゃんとおばあちゃんの思い出がなくなっちゃうってことでしょう? そんなのだめに決まってる」という娘の反発と、自宅とは別に作業場がほしいという動機が重なり、売り飛ばさずに仕事場にしている。

パソコンのモニターに表示されている資料には、私が勤める製薬メーカーの直近三年の純利益とその利益を伸ばしていくための中期的な計画が記載されていた。開発費削減に伴う人件費削減と業務効率化の模索、人員削減に伴う開発スキームの見直し、新薬の開発キックオフ……等々。

世間一般の間では製薬会社は安定しているイメージがあるようだが、いくら大手とはいえ経営は楽ではない。

売り上げの大部分を占める医薬品の価格、すなわち薬価は国が定めることになっている。この薬価は年々下がり続けているのだ。薬価が下がれば当然利益も減り、利益が減れば開発費に回す資金も減る。売れるものが作れなくなり、さらに利益は減る。悲しいがそれが今の製薬業界の大きなトレンドであり、それは今後も続くと予想されている。

　壁にかかっている古いからくり時計から、十五時を報せる音楽が流れた。音楽に合わせてとんがり帽子を被った小人の人形がくるくる回っている。

　その折にテーブルの上に置いてあったスマホが振動した。妻からの着信だった。よっぽどの緊急時以外、仕事中は電話をしてこないようにと言ってある。嫌な予感がした。

『ねぇ、今すぐ帰ってきて』

　電話を取るなり、妻は今にも泣き出しそうな声でそう言った。

「どうした」

『知らない人たちが急に家に入り込んできて』

「知らない人たち？」

『その、なんとか監視委員とかいう組織の――』

「組織？　どういうことだ？　何かされたのか？」

『別に襲われているわけじゃないの。そうじゃないんだけど、部屋のものを』

　パニック状態なのか妻の説明は要領を得ない。私は「身の危険を感じるようならぐ逃げるように」とだけ言って電話を切り、大急ぎで荷物をまとめて部屋を出た。

玄関の扉を開けて外に出ると、車庫に停めていたセダンに飛び乗った。七月下旬の太陽に曝された車内はサウナのようになっており、背中にじんわりと汗が滲み出してくる。私はエアコンを全開にしてからアクセルを踏んだ。

スピード違反にならない程度に車を飛ばして十五分足らずで自宅に到着する。自宅の門の前に、見たこともないワゴン車がリアゲートを開けた状態で停まっていた。

私はそのワゴン車の数メートル後方に車を停車させると、運転席のドアを開けて外に出た。格子門を開け、庭に足を踏み入れる。そのタイミングで玄関の扉が開き、ダンボール箱を抱えた若い男が出てきた。

年齢はおそらく三十前後、中肉中背のどこにでもいそうな雰囲気の男だった。黒のスラックスに半そでの白シャツという動きにくそうな恰好で、顔に大量の汗を浮かべながら箱を運んでいる。凹凸の少ない典型的なアジア系の顔立ちが、暑さに耐えるようにしかめっ面になっていた。感情の読みにくい糸目が進行方向の空気を見つめている。

彼は私を素通りして門の外に出ると、抱えていたダンボール箱をワゴン車のトランクに入れた。

「何してる。止まれ」

　私が男の背中に向かってそう言うと、彼は面倒くさそうな様子で顔だけこちらに向けた。

「え？　ああ」

　彼は私をまじまじと観察したのちに、

「あなたが佐久間（さくま）博一（ひろかず）さんですか。止まれって言われても、こっちも仕事だからな」

と、よくわからないことを言った。

「何の仕事だ」

　男は私の質問に答えることなくワゴン車から離れ、私の車の近くに寄ってガラス越しに車内を覗（のぞ）き込む。そして勝手に運転席のドアを開けると中から私のカバンを取り出した。

「これ、会社のパソコン？　休日なのによくやるね。ちょうど帰ってきてくれて助かるよ。手間が省けた」

　どんなに仲が良い間柄でも人のカバンを勝手に開けて検（あらた）める状況なんてたぶんない。目の前で起きている状況が理解できなくて私は困惑した。

「おい」

「よし。スマホも入ってるな。これは借りておくね」

　男の大胆な行動に面食らっていると、似たような恰好をした三人の男が家の中から出てきた。彼らは同じようにダンボール箱を抱えており、私の方には見向きもせずにそれらをワゴン車に積んでいく。もちろん招いた覚えはないし、敷居をまたぐことを許可した覚えもない。

「待て。お前ら何だ？　俺が何をした？」

「いやいや、何したかって、あんたがよくわかってるでしょ」

「は？」

全く身に覚えがない。

いつの間にか妻が表に出てきていて、不安そうな顔でこちらを見ていた。私は全力で首を横に振った。神に誓って何もしていない。

「誰の権限でこんなことをしている？」

私が問い詰めても向こうは知らんぷり。ただ黙々と作業を続けるだけでこちらに目を向けようともしない。

「お前ら警察か？　令状を見せろ」

「俺らをあいつらみたいな無能といっしょにすんなよ。令状は奥さんに見せたよ。悪いがうちの部署は人手不足で仕事がたんまり残ってるんだ。先を急ぐんで失礼するよ」

「待て」

「そのうち呼び出すと思うからそのつもりで」

駆け寄って男の肩に手をかけようとしたところで、別の男が間に入って私の肩を押した。衝撃に耐えられずうしろにのけ反り、足がもつれて硬いアスファルトに尻餅をつく。その隙に彼らはワゴン車に乗りこみ、あっという間にその場から走り去っていった。

謎の集団が視界から完全に消えたところで、妻が今にも泣きそうな顔でこちらに駆け寄ってくる。起き上がりながら何があったか尋ねると、彼女は怯えた声で説明した。

「家族共用のノートパソコンとタブレットを、ダンボール箱に詰めて持っていかれちゃった。それから電話も。履歴を調べるからって。それとあなたの部屋の中のものを——」

何度思い返したところで、家の中を調べられなければならない理由なんて私は持ってない。

私は困惑したままの状態で家の中に入り、自室へと向かった。自室の扉を開け、空き巣が入ったあとのように荒らされた室内の様子を見て絶望感を噛みしめる。妻と共に手早く整理すると、デスクの上に束ねていた書類、引き出しの中に入っていた外付けハードディスク、本棚にしまっておいたノート類……いろいろとなくなっていることがわかる。

ふとデスクの上に置いてあった紙切れが視界に入る。名刺のようだった。

証券取引等監視委員会　特別調査課　塚島和志

そこにはそう書かれていた。

◇

「見えた。あそこだ」

嘉山先輩が助手席から少しだけ腰を浮かせてそう言った。彼が指さす右斜め前の方角には確かに数台のパトカーが停まっている。僕は慌ててハンドルを切って公用車を右折させた。細道を少し進んだところで、黒焦げになった建造物が視界の左側に現れる。

先月異動してきたばかりの自分にはまだ現場用の装備や備品が手元になく、いろんなところから代用品をかき集めることに時間が掛かってしまったせいで、予想よりも到着が遅れていた。見分は九時からと聞いていたが、現在時刻は九時半。三十分の遅刻だった。

さらに先に進むと、道路を横断している黄色いテープに行く手を阻まれた。テープの表面には「神奈川県警察・立ち入り禁止」という黒色の文字がプリントされている。車を一時停止させると、近くにいた警察官が運転席の窓の近くに小走りで寄ってきた。警察学校から卒業したばかりのような、少年のようなあどけなさを表情に残した警官だった。

「遅れてすみません、本部の捜査員です」

窓を開けると、焦げ臭いような、生臭いような、形容しがたい異臭が漂ってくる。

「お疲れ様です。今、外します」

警官は電柱に括(くく)りつけられていたテープの端を外し、車を誘導した。

公用車を近くの駐車場に停め、僕たちは車を降りた。車の背後に回り込み、トランクを開ける。そこに積んでいた長靴に履き替え、ヘルメットと防塵(ぼうじん)マスク、それから分厚いゴム手袋を装着した。まだ五月で気温はそこまで高くないはずだが、ここまで皮膚を覆うとさすがに暑かった。立っているだけで汗が出てくる。

火災現場の原因調査の出動要請があったのは午前四時半。眠っていたところをスマホの着信音に叩(たた)き起こされた。

火災が発生したのは海老名(えびな)市内の児童養護施設だった。

消灯時刻を過ぎていたものの、異変に気付いた当直の職員らの迅速かつ適切な避難誘導により、施設にいたほとんどの子供たちは焼け死なずにすんだらしい。だが行方不明の少年が一人だけいるという話を聞いていた。ひょっとしたら焼死体を拝むことになるかもしれない。

準備を終えると、備品関係をまとめたアルミ製のケースを肩に提げて歩き出した。近所の住人と思われる、数人の野次馬の視線を感じながら施設の敷地内に入る。

三階建ての横に長い、昔の学校の校舎を彷彿とさせる外観だった。見たところかなり年季の入った木造建築で、廃墟のような雰囲気すら感じる。正面から見て右半分はまだ原型を留めているが、左半分は燃え尽き、黒焦げの残骸が山を作っていた。施設の前には遊具のない簡素なグラウンドが広がっている。

「今日は長くなりそうだなぁ」

嘉山先輩がつぶやいた。

嘉山先輩は配属先で唯一僕によくしてくれる先輩だ。年齢は三十半ば。中肉中背ではあるが筋肉質で、防塵マスクの下は髭がよく似合うダンディな男前だ。外国人のように彫りが深く、いかにも警察官らしいその精悍な顔つきは男の僕をも魅了する。

「その、急がなくていいんですか？」

遅刻している割にゆったりとした彼の歩調にやきもきし、僕はたまらず尋ねた。

「所轄の刑事課にそこまで火災現場の経験がないから、特殊があてにされてるって言っていませんでしたっけ？」

「ああ、それに関しては、凶暴なのが先についているみたいだから大丈夫」

「きょ、凶暴？」

「すぐわかる。ちっちゃい見た目に騙されて舐めてると嚙まれるぞ」

「凶暴？　小さい？」

　何のことを言っているのかわからなくて僕は困惑した。警察犬でも連れてきているのかと一瞬思ったが、出火原因の特定に動物を使うなんて話はこれまでに聞いたこともなかった。

「あの、すみません」

　どれだけ考えても答えが出てこなくて内心で悶えていると、若い男の声が僕らを呼び止めた。足を止め、振り返る。先ほどテープを外してくれた警官が視線の先に立っていた。

「別の場所にもう一つ駐車場があるみたいなので、車をそちらに移動していただいてもよろしいですか？」

「え？　構いませんけど……」

「先ほどの駐車場、近所のお寺と共用で使っているみたいなんです。消防と警察の車がスペースを圧迫しているせいで、つい先ほどクレームが来ましてですね。車、自分が誘導します」

「ああ、はい。すみません」

僕は施設に背を向け、若い警官と共に歩を進めた。

「嘉山先輩は先に行ってください。僕、車を移動してきますから」


車を移動させたのち、小走りで現場に戻った。

やはり既に作業は始まっていた。トータルで三十名程度の消防隊員と警察官らが、バケツリレーの要領で火災の残骸を屋外のスペースにせっせと運んでいる。

嘉山先輩は現場から少し離れた位置で、背の高い大柄な男と肩を並べ、現場に目を向けながら何かを話し合っていた。相手はおそらく現場の指揮を執っている課長だろう。

僕は肩に提げていたケースを地面に下ろし、ふたを開けた。屈(かが)みこんで中からステンレス製のスコップを取り出すと、それを右手に握って立ち上がる。

「おい、なにぼさっとしてやがる」

急に背後から声をかけられ、僕はぎょっとした。

「あ、えっと、……」

振り返った先に立っていたのは、紺色の作業着を身にまとった女性だった。自分と同じようにヘルメットを被り、ゴム手袋と長靴で身体（からだ）の末端を保護している。既に全身は真っ黒だった。

まるで子供みたいに小さな身体だった。身長は百五十センチに届かないくらいだろうか。ヘルメットを被っているので目算が少し難しい。前髪と防塵マスクの隙間から覗く双眸（そうぼう）が、獲物を狙う肉食動物のようにぎらぎらと輝いている。

彼女は長いまつ毛を上下に瞬（また）かせながら、僕を見上げるような形で一通り観察すると、

「お前、特殊か」

と言った。

「ええ、まあ、はい」

特殊というのは警察本部の刑事部捜査一課に属する特殊犯罪捜査班のことを指す。名の通り、誘拐事件や人質事件、爆発事故や放火などの特殊犯罪を捜査する部署のことだ。放火か失火かを判断するため（つまり事件性があるか否かを判断するため）に、火災現場の出火源を特定するのが今回の捜査の目的だった。

「なんだよ、ちっとも来ねえからサボりかと思ったじゃんか。お前、名前は？」

「熊谷（くまがい）です」

「なるほど。道理で熊みたいなでけぇ図体してるわけだな。私は科捜研の久龍小春だ。よろしくな」

「くりゅう……？」

「呼ぶときは小春でいい」

久龍。どこかで聞いたことがあるなと思い、僕は眉を寄せた。

初対面の相手にファーストネームで呼べと言うあたり、これまでに苗字のせいで損でもしてきたのか、もしくはよっぽど不名誉な苗字なのかなと想像する。いや不名誉な苗字って何だろう。少なくとも指名手配犯や既に捕まって檻の中にいる極悪人の中には、僕の知る限りでは「久龍」という苗字の人間はいないけど。

「お前の他に、特殊は誰が来てる」

脳内で「くりゅう」に関連する記憶を探し当てる前に、彼女がそう問いかけてくる。

「嘉山先輩です。あそこに……」

僕は約五メートル先で刑事課長と話し込んでいる嘉山先輩を指さしながら言った。

「嘉山か。遅刻した罰として昼食はおごりって言っとけ。ちゃんとデザートも頼むからな。お前、見ない顔だし先月の異動で配属されたやつだよな？　火災現場の経験は？」

「過去に数回、灰掻き作業を手伝ったことならあります。あ、ですが結構昔の話なので忘れていることも多々……」

「あん？　知るかよそんなの。まあいい、現場では私の指示に従え。最初の写真撮影や消防との認識合わせは終わってる。まずは掘るぞ」

「はい」

一階で出火した原因を探すとなった場合、焼け落ちた二階や三階の残骸は邪魔となる。今回のような全焼に近い現場はまず堆積物を除去するところから始めるのだ。

彼女は大股で僕の脇を通り抜け、施設の入口の方向へ向かった。慌てて彼女の背中についていく。

建物の入口付近にキャンプで使うような折り畳み式のテーブルが置いてあり、シート状の黒板がその上に敷いてあった。そこに見取り図のようなものがチョークで描かれている。

「入る前に見とけ。施設長の意見を参考に、消防が描いた部屋の見取り図だ」

小春は黒板を指さしてそう言った。

出火場所は一階の倉庫のような部屋だということは聞いていた。おそらくここに描かれているのはその部屋の見取り図だろう。

「黄色でコンセントとか電気製品の位置が書かれている。赤でコンロや石油ストーブなどの火源を書くのが作法だが、今回はないな。堆積物を除去しつつ、可能な限りここに描かれている状態を再現する。この見取り図をまず五秒で頭にぶちこめ」

「ご、五秒って……」

「はい五秒。ついてこい」

　当然頭に入っているわけないが、彼女はこちらの状況を確認することもなく入口から施設の中に入っていく。彼女の小さな背中に続いて中に入ると、悪臭がマスクの隙間を通って鼻を刺激した。どこに目を向けても黒焦げの土や木材の残骸だらけだ。堆積物のせいで足場も悪い。気を付けないと転びそうだ。

　現場はどこもかしこも濡れており、水が滴っていた。消防が消火に使用した大量の水がまだ乾いていないのだ。

「そういえば昨晩は雨でしたけど……それでも燃えるんですね」

「火が強きゃ雨ごときじゃ消えん。キャンプファイヤーの炎に如雨露で水をかけても消えんだろ」

　小春が食い気味に言う。

　僕は小春の背中を追うようにして出火場所と思われる部屋まで移動した。

　約二十畳のスペースに警察官や消防隊員が群がり、それぞれ屈みこんで灰掻き作業をしていた。竹製の箕に堆積物を載せ、それをバケツリレーの要領で外へ送り、グラウンドに放っている。

「まずはこいつらと一緒に二階と三階の残骸を外に出せ。それからそのスコップは使うな。手を使え。証拠が傷つく恐れがあるからな。それは灰掻き用じゃない」

携えていたスコップを指さして彼女は言った。じゃあ何用なんだと聞く前に、彼女はぴんと背筋を伸ばして周囲の作業者にてきぱきと指示を出した。背筋を伸ばしたところで彼女の身長は大きくはならないが、なぜだか存在感だけは圧倒的だ。

「焼けが強いのはそこだ。そこを重点的に掘れ。いいかお前ら、ちょっとでもおかしいものがあったら私を呼べよ。特にコード類。それから銅の玉みたいなやつを見つけたらすぐ言え。電気製品がショートした時に生じるやつで、その直径は数ミリ程度だ。めちゃくちゃ小さいから見落とすなよ。いいか、間違って捨てたらぶっ殺すからな！」


腰を屈め、両手で堆積物を箕に山積みにしては隣の人にそれを渡すという作業をひたすら続けた。堆積物にもいろいろあるが、その大半を占めるのは瓦と真っ黒の土だ。いかに日本の家屋に土が使われているかを実感する。

「おい、こっちだ熊」

「はい」

小春に呼ばれ、僕は作業を中断して立ち上がった。作業員の間を縫うようにして彼女のもとに移動する。小春の瞳の色を視認できるくらいの距離まで近づくと、彼女はまるで生徒たちにものを教える学校の教師みたいな様子で話し始めた。

「いいか、特殊のお前は今後、指揮・指導する立場に立たされるはずだ。私の言うことをよく憶えろよ。出火原因を探る際、まず可能な限り現場を俯瞰して観察しろ。全て等しく黒焦げになっているように見えるかもしれんが、よく見ると場所によって明確な差異がある。例えばこの柱」

小春は自身の近くに立っていた木の柱に手を掛けた。例にもれず黒焦げになっており、僕の目線くらいの高さでぽっきりと折れてしまっている。

「木材は二百度くらいに達すると、成分が熱分解されてガスが出始める。二酸化炭素や水蒸気などの不燃性のガス、そして一酸化炭素やメタン、エタンみたいな可燃性のガスだ。さらに温度が上がると熱分解が急速に進み、可燃性ガスが爆増して、引火する。ガスを吐き出したぶんだけ木材はやせ細ってスカスカになるから、木材の状態を比較すればどちらがよく燃えたのか判断できるんだ。ほら、あっちの柱よりこっちのほうが細いだろ」

僕は小春が指さした方に目を向けた。彼女の指先の延長線上に立っている木材の柱は比較的炭化が進んでいないようで、原型の四角柱をより留めているように見える。確かに、今小春が触れている木材の方が細くて今にも倒れてしまいそうな雰囲気があった。

「なるほど確かに」

「触ってみろ」

彼女に促され、真っ黒焦げの柱に触れてみた。おそらく焼ける前、その表面はつるりとしていたはずだが、焼けてしまった今はまるで麻雀牌（マージャンパイ）を密集させているみたいに細かい凹凸がある。柱の一箇所を軽く押してみると、ポップコーンを潰したときのような感触を伴って割れた。

「つまりこちらの方が出火箇所に近いと判断できる。こんな感じで、火災現場は相対的に焼けが強い場所を判断して徐々に的を絞っていくんだ。そして最も焼けが強いところに出火原因が眠ってる」

「出火原因はどう調べるんですか？」

「出火原因にもいろいろあるが、その原因となったものが燃えて最終的にどうなるか、どんな証拠を残すかは概（おおむ）ね頭に入ってる。現場の状況と経験を照合して判断するんだよ。アナログだが現状この手段しかない。とにかく場数を踏んでパターンを把握しろ」

　何かハイテクな装置が出てきて出火原因を自動的に特定する、みたいなことにはならないらしい。燃えてしまったものを解析するのが難しそうなのは素人（しろうと）の僕にも何となくわかるが、予想よりも過酷そうだ。かなり深い知識と経験が求められるに違いない。

　そんなふうに小春の説明から火災現場調査の難解さを感じ取っていると、嘉山先輩がふらりとやってきて、しれっと作業に加わった。すると小春がすかさず不平を飛ばす。

「おい嘉山、お前の後輩はお前が面倒見ろよ」

「うちの新人が何か迷惑かけました？」

「しれっとしやがって。確信犯だろ。遅れてきたくせに教育までさぼってんじゃねぇよ」

「はは、敵(かな)わんな小春ちゃんには」

「おい。口には気をつけろ」

「はいはい、小春先生」

　その後は持ち場に戻り、だらだらと汗を流しつつ、ただ無心で作業を続けた。警察官になって、まさか火災現場で堆積物の除去作業をすることになるなんて、組織に入る前は想像したことすらなかった。たぶん多くの警官が同じことを思うだろう。

　僕は悪党の両手に手錠をかけることを想像しながら採用試験を受けたし、実際僕のように、刑事ドラマによって植え付けられた先入観を持って志願したやつはごまんといる。むろん動機は人それぞれで、同期の中には白バイに乗りたいから志望した、というやつもいた。拳銃を撃ちたいというちょっと危ないやつもいた。腕っぷしに自信があって、合法的に悪いやつを叩きのめしたいという好戦的なやつもいた。だがやはり、火災現場で灰搔きすることを志して警察学校の門を叩いた人間は少なくとも僕の同期の中にはいなかった。それだけ放火という犯罪が身近なものではないということなのかもしれない。

「休憩にしよう。暑くて敵わん」

一時間ほど経ったあたりで小春がそう言った。三階建てで屋根が焼け落ちているからだろう、どうやら通常の現場と比較して堆積物が多いようだった。未だに一階の床が見えてこない。

彼女が何者なのか、そしていかほどの影響力を持っているのかはともかく彼女の号令によって作業は中断された。

僕はアルミケースを抱え、嘉山先輩と肩を並べるようにしてグラウンドの端の木陰に移動する。ケースを開け、中に入っていたペットボトルの水を嘉山先輩に手渡した。

小春は僕と嘉山先輩についてきた。「私にもよこせ」と図々しく手を伸ばしてくるので、僕はケースの中から余っていた水を取り出して渡した。

「それにしても、科捜研ってDNA型鑑定とかしているところですよね？　どうして火災現場に……？」

しかもこんなに偉そうに、と内心で付け加える。

「そりゃ法医係だ。私は物理係」

彼女は不機嫌そうに片眉を上げた。

「主な担当は火災現場の調査、銃器刀剣類の鑑定、防犯カメラの画像解析、交通事故解析とかだな。業務の関係上、お前ら特殊とはたぶんそれなりに付き合うことになるぞ。憶えとけ」

彼女はヘルメットを外し、それをお尻の下に敷いて座った。防塵マスクを外して新鮮な空気をすうっと吸い込むと、開封したペットボトルを傾けてごくごくと口の中に水を流し込む。

マスクを外した素顔が思った以上に若くて、僕は驚いた。おそらくまだ二十代だろう。成人しているとは思えない華奢(きゃしゃ)な体型。顔面との面積比率がおかしい大きな両目はほとんどアニメキャラの域に達している。黒髪のボブは汗で濡れ、その前髪はおでこにぴったりとくっついている。

灰にまみれるよりクレープ片手に原宿(はらじゅく)とかを歩いている方がしっくりくる、かわいらしい女の子だった。外見だけなら高校生の妹と背格好やその雰囲気はさほど変わらない。

「なんだよ、じろじろ見やがって。気持ち悪い。言いたいことがあるならはっきり言えよ」

小春の両目にぎろりと睨まれて、僕は慌てた。まずい、まじまじと観察しすぎてしまった。

「いえ、別に、すみません。ええっと、そうですね、行方不明の子がいるんでしたっけ」

「状況から考えて焼け死んでる可能性が高いかもな。まぁ、倉庫から遺体が出てくるのも変な話だけど」

まだ二階・三階部分の残骸を撤去している段階なので当然なのかもしれないが、遺体は出てきていない。

現在行方不明になっているのは小学三年生の男の子と聞いている。普段彼と同じ部屋で過ごしているルームメイトが、就寝時刻の二十一時には部屋のベッドにその少年がいたことを確認しているらしい。状況を考えると逃げ遅れた可能性が非常に高い。

「いちおう部屋の方も掘ってみる？」

嘉山先輩がそう尋ねると、小春はあごに手を添えて数秒だけ沈黙した。

「そうだな……おい嘉山、三人ばかり若いのを連れて行方不明の少年が寝泊まりしていた部屋を掘れ。場所は把握してるな？　確か同じ一階だったよな」

「今調べている部屋のほぼ向かいにある部屋だね。出火源から近いからほぼ全焼。施設長の話によると子供たちの寝室は四人の相部屋らしいから、それなりに広いだろうね。大変そうだけど、掘ってみるよ」

おそらく年齢は嘉山先輩の方が上のはずだが、彼女は敬語を使う素振りを見せないどころか呼び捨てである。

この娘は何者なんだろう。科学捜査研究所に所属する人は警察職員だから、厳密には警察官と立場は異なるが、警察組織は基本的に縦社会だ。いくら実力があろうと先輩にこんな態度をとった日には即座に死刑である。

一方嘉山先輩は特に嫌がっているようには見えない。ひょっとしたらものすごく若く見えるだけで、歳は結構上なのかもしれないなと僕は考えた。もっとも仮に嘉山先輩と同じ年齢なら普通に詐欺だ。歳を取らない魔法がかかっているとしか思えない。

「たかだか職員の立場の人間が、なんでこんなに偉そうなんだって顔してるな」

小春は僕の心を読んだようにそう言った。

「いえ、そういうわけじゃあ……」

正直そう思う。

「ま、そういう感想が普通だわな。基本私たち科捜研の職員は嘱託で動く立場であって捜査権限はないし、ましてや捜査指揮権もない。だがいろんな事情で実質神奈川は特殊と科捜研で現場を回すことが多いんだよ。特にこういう大きめの事件はな。ぼや程度の事件なら所轄の刑事課にお任せすることもあるがな」

「普通の火災は特殊ではなく刑事課が担当している県が多いかな。爆発事件とかならどの県も特殊が担当するけど」

嘉山先輩が補足する。なるほど県によって事情は異なるらしい。

僕は過去に灰掻き作業をしたときのことを思い出しながら、疑問に思っていたことを口にした。

「僕が以前灰掻き作業をしたときは、消防の方が中心に動いていたような気もするんですが」

「地域によって調査の経験値が違うからな。住宅が多くて火災件数の多い都市部の消防は結構しゃしゃってくるが、逆に件数の少ない地域の消防は調査に自信がなくておとなしいケースが多い。ま、調査の経験値に地域差があるのは警察もそうだけどな。というかそんなことはどーでもいいんだよ。強気でいればいいんだ、こういうのは。遠慮してたら原因なんていつまで経ってもわからんからな。ケンカするくらいがちょうどいいんだよ」

「そ、そうなんですか……」

捜査指揮の事情についてはわかったが、彼女が偉そうな理由は一切語られなかったし、当然年齢も、嘉山先輩との関係性もよくわからないままだった。

休憩の後、作業は再開された。

文字通り泥臭い、地味な作業だった。それに足場の悪い中で腰を屈めて作業し続けるのはなかなかハードだ。屋根がないせいで日陰もない。臭いも酷く、マスクがあろうとなかろうと、このまま作業を続けたらきっと健康を害するだろう。とはいえ本部で退屈な書類仕事をするより気持ちは幾分楽だった。

作業再開から約一時間半したところで一階の床が見えてきた。羅針盤だけを頼りに海を進んでいた手漕ぎ船の上で、目的の島がようやく見えてきたような感覚だった。もちろん原因を突き止めるまでが仕事ではあるが、灰掻き作業の終わりが見えたとなるとがぜん作業員たちの士気は上がる。

「吸殻見つけました！」

そんなとき、ある警官が高らかに声を上げた。それを聞いた小春は風のような速さで声の主のもとまですっ飛んでいく。僕も気になってその後を追った。

彼がその手に持っていたものは煤で汚れた煙草の吸殻だった。真っ先に燃えて灰になってしまいそうなものなのに、その形は意外としっかりと保たれている。

「よし。よくやった。捨てずに残しておけ。おいお前ら、ここからはより慎重に作業しろ。何か見つけたらすぐ言え！　わかったな！」

　最初の吸殻が見つかってから約四十分後、灰掻き作業は終了した。結局遺体は出てこなかったが、その後吸殻が四つほど見つかった。電気コード類も見つかったものの、状態を見るに通電状態ではなかったため、出火の要因にはなりえないと判断された。

「おい、熊」

　まるでペットのように小春に呼ばれ、屈めていた腰を上げて彼女の方を見た。こっちへ来い、と手招きしている。僕は作業員たちの間を縫うようにして進み、彼女に近寄った。

　彼女は、握ったら折れてしまいそうな細い人差し指で床の一点を指さしていた。フローリングの床にぽっかりと円形の穴が開いている。直径は約二十センチ。ゆがみのない、まるでコンパスで描いたような真円だった。

「穴？」

「吸い殻もあるし、煙草の可能性が高いな」

「煙草がこの穴と何か関係あるんですか？」

「無炎燃焼ってやつでな。消火していない煙草を長時間、畳や木材の上に放置しておくと、こんな感じでぽっかり穴が開くんだよ。憶えておけ。よし、検知管引くぞ。持ってこい」

小春がそう言うと、若い警官が数枚のビニール袋と、藍色の円柱の底面に細いガラス管のようなものが取り付けられた、へんてこな器具を持って来た。

小春はビニール袋の中に現場の残骸をかき集めて入れ、少し空気を含ませて口を縛る。しばらくしてからビニール袋の中にへんてこ器具のガラス管の先端を突っ込み、円柱のお尻から飛び出しているT字のバーを引っ張った。

「何をしているんですか？」

「北川式ガス検知管って言ってな。特定の気体に反応する検知剤をガラス管に充填したものだ。この採取器で検知管内に空気を通気すると、化学反応によって検知剤が変色する。ちなみにこの検知管は灯油やガソリンを検知するやつな。まあ、実際現場に灯油やガソリンが残っていたら臭いでわかるがな。今回の原因はおそらく煙草だ。少なくとも灯油やガソリンをまいて放火されたわけじゃないってことを確認するために検査するだけだ。これで能動的に火源を探すわけじゃない」

作業員たちが現場の数箇所で同じように煤まみれの残骸をビニール袋に集めていく。小春は順にそれらのビニール袋を受け取り、検知管の先端を突っ込んでは採取器のT字のバーを引っ張って通気させるという行為を繰り返した。

灯油やガソリンが残っていた場合は検知管に充填されている検知剤が褐色っぽい色

に変わるそうだ。しかしどれだけ待っても検知管の中の色は変わらず白いまま、つまり陰性だった。

「おい熊、施設長を呼んで来い。説明する」

まじまじと検知管を観察していると、小春にお尻をぱしんと叩かれる。僕は慌てて屋外に出て施設長の姿を探した。

背の低い、温厚そうな五十代くらいの男性が茫然とした様子で変わり果てた施設を眺めている。

おそらく彼が施設長だろうと察し、彼に近づいて「中に入って説明を聞いてほしい」と伝えた。彼は魂が抜けたような表情でただ頷くだけだった。職場が丸焦げになった上に生死不明の少年が一人いるという状況が彼を絶望に導いているのは間違いない。正気を保っているだけでも称賛に値するだろう。

「あんたが施設長か」

海老名警察署の刑事課が持ってきていたヘルメットと長靴を装着してもらったのち、彼を現場に導くと、小春は温厚そうな彼の顔に向かってそう言い放った。彼は僕と同じように、いかにも非力そうだがやたらと偉そうな若い女性という不思議な存在に一瞬だけ戸惑ったようだが、すぐに背筋を伸ばして首肯した。

小春はこれまでの調査でわかったことを簡潔に彼に説明した。行方不明の少年はまだ見つかっていないこと。吸殻と長時間に亘る無炎燃焼の痕跡があることから、煙草の不始末による失火の可能性が高いこと。検知管による検査では灯油やガソリンの反応がなかったことから放火の可能性は低いこと。

説明を終えると、施設長の協力を得て写真係が写真撮影を行った。吸殻や無炎燃焼で生じた穴、検知管による検査結果、調査したあとの部屋の様子などを次々に撮影していく。

それぞれの撮影が終わったあと、施設長に証拠品を指さすようなポーズをとってもらい、証拠品と施設長が一枚の写真に収まるような構図で撮影をした。警察官の独断ではなく調査に客観的な視点が入っていることを示す必要があるためだ。こういった証拠の残し方は火災現場に限らない。

「今日、日曜だろ。施設のガキどもはどこにいる」

一通り写真撮影を終えたあと、小春が施設長に尋ねた。

「今は一時的に公共施設に寝泊まりさせてもらっています」

「さっきも言ったが、現場から煙草の吸殻が見つかってる。吸っていたやつはいるか？」

「いえ、未成年ですし……そのぅ」

「じゃあ誰だ？　施設の職員か？」

施設長は言いよどみ、目をきょろきょろと泳がせる。

「吐けよ。どうせ心当たりがあるんだろ。今すぐあんたの思う容疑者をここに連れてこい」


その一時間後、二名の少年が施設長に連れられて敷地の中に入って来た。

中学生くらいだろうか。見た目は二人とも特に悪そうではない、というかいたって普通の、なんなら少しかっこいいさわやかな少年だった。学校指定のものと思われるジャージを着ている。体型は二人とも細身。異なるのは身長と髪型だ。背の高い方は短めのスポーツ刈り、もう片方は背が低くパーマがかかっていた。

彼らの顔面は真っ青で、どこか萎縮している様子だった。これから自分たちはどうなってしまうのだろうという恐怖や不安と戦っているようでもあった。

「彼らがですね――」

「で、煙草を吸っていたのはお前らでいいか？」

小春は彼らの前に立つと、施設長の言葉を遮ってそう言った。

灰掻き作業が終わったということで、手袋とヘルメットを外して少し身軽になっている。ヘルメットを脱ぐと彼女の身長はさらに小さくなっていた。

彼らは目の前に現れた、自分たちよりも背の低い女の子を見て戸惑いの表情を浮かべている。

「おい、何とか言ったらどうだお前ら」

沈黙が流れる。僕は、数年前に万引きの疑いで捕まえた中学生のことを思い出していた。不用意な発言で自分が不利な状況に立たされることを恐れ、慎重に言葉を選んでいるような様子が、目の前にいるこの二人とそっくりだった。

「てめぇらいつまでも舐めた態度とってんじゃねぇぞ。まだ遺体は出てきてねぇが人が死んでるかもしれねぇんだぞ」

小春が追撃すると、スポーツ刈りの方がようやく口を開いた。今にも泣きそうである。

「す、吸いました……。で、でもちゃんと火は消したし……処分もしたし……」

「どうやって?」

「えっと……」

再び沈黙。すると小春が近くにあったテーブルを思いきり蹴飛ばした。見取り図を描いた黒板シートを載せていたあのテーブルである。テーブルは音を立ててひっくり返り、上に載っていたシートやチョークが地面にばらばらと散らばった。大きな音に反応した少年たちの肩がびくりと跳ねる。ついでに彼らのそばで様子を見守っていた施設長も身体をびくりと震わせた。

「その口はニコチンを吸い込むためだけについてんのか？　あ？　こっちはヒマじゃねぇんださっさと吐けコラ」

「ちょっと、久龍さん……あんまり高圧的に詰めると、そのう、時代的に……」

小春の気持ちもわからないでもないが、決めつけるような発言と高圧的な態度は逆効果であることを、僕はこれまでの経験で知っていた。たまらなくなって小春と少年たちの間に入り、今にも襲いかかってきそうな彼女をなだめにかかる。

「小春でいいって言ってんだろ。お前の脳は何度も同じこと言われなきゃインプットされないクチか？」

「あの、はい、すみません」

彼女の気迫に圧され、反射的に謝罪の言葉が口から出てくる。というか、怒るところそこなんだ。

「煙草の吸殻の片付けは、同じ部屋の望（のぞむ）ってやつに頼んでました」

パーマの少年が口を開いた。声が震えている。

「望？　誰だそいつ」

「今、行方不明になっているやつです。立花望（たちばな）」

この施設の嫌な部分が垣間（かいま）見えた気がして、僕は気分を悪くした。行方不明となっている少年は小学三年生だ。そもそも未成年が煙草を吸っていたという事実も看過できないが、その後の始末を小学生にさせていたというのも異常でしかない。

「お前ら――」

その折だった。

「小春先生」

小春が何かを口にしかけたとき、さっそうと現れた嘉山先輩がその発言を遮った。右手には、茶封筒が入ったファスナー付きのプラスチックバッグが握られている。

「なんだよ嘉山、てめぇ今までどこほっつき歩いてやがったんだ。聴取さぼりやがって」

「小春先生、これ。若いのが見つけてくれた。近所の橋に置いてあったらしい」

小春は一瞬だけ迷惑そうに眉を寄せたが、すぐに嘉山先輩の手からそれをもぎ取って袋のファスナーを開けた。

『遺書』

中から出てきた封筒の表面にはそう書かれていた。「遺書」という漢字を初めて書いてみたと言わんばかりの、不慣れでいびつな文字だった。

「ここから数百メートル離れた橋に置かれてた」

「よく見つけたな」

「歩道のど真ん中に靴と一緒に置いてあったみたいで、不審に思った通行人から通報があった。様子を見に行った警官が回収してくれたよ」

　小春は封を開け、中を確認する。封筒に入っていた紙の枚数は五枚。サイズはＡ４。封筒表面の文字は直筆だったが、中身の文書はパソコンで作成されたものらしい。僕は小春の背後に回り込み、彼女の手元を覗き込んでその冒頭部分に目をやった。

『ぼくは学校でも施設でもいじめられています。もうつらいです。川に飛びこんで死のうと思います』

　それから少しだけ視線を上げて、少年たちの表情を盗み見る。彼らの顔は真っ青に染まっていた。

◇

　二日後。火曜日。

「じゃあ、兄ちゃん行ってくるから。ご飯は冷蔵庫の中にあるから、好きなときに食べてね」

扉の向こうに語りかけるも、返事はない。まさか自殺していないよなと不安が胸に広がるが、中に人がいる気配はあった。勝手に開けるとまた怒られてしまう。僕は階段を下り、一階の居間に戻った。

三人掛けのソファに、母が身を屈めた状態で座っていた。その表情は暗く今にも死にそうである。

「どう？」

母が僕に気づき、心配そうな顔でそう尋ねてくる。

そろそろ五十になる母はここ数年で一気に老け込んだように思える。目の下のクマはメイクでは隠しきれないほど濃くなり、しわやシミの数が増えた。全体的にふっくらと丸みを帯びていたフェイスラインも体重の減少と共にげっそりし、ゾンビのようになっている。肩まで伸びる頭髪に白髪はないけれど、手入れが行き届いていないのかぼさぼさだった。

僕は首を横に振った。

「いつも通り」

「ねぇ、やっぱり無理やりにでも病院に連れて行ったほうがいいのかしら」

「いや、まだそっとしておこうよ。ごくたまにだけど、部屋から出てきてくれるときもあるじゃないか」

「それは……シャワーを浴びたりトイレに行ったり、必要だからそうしているだけでしょう？」

「そうかもしれないけど、とにかく焦っちゃだめだと思うよ」

「でも……」

「もう少し様子を見ようよ。そういう時期なんだって。母さんも疲れていたら休んでね。その分、僕が働くから」

僕には、今年で十七歳になる高校二年生の妹がいる。

そんな妹が籠城を開始してから半年近くが経っていた。

当時の担任の先生から、周囲にうまく溶け込めていないらしい、という話は聞いていたが、実際クラスで何があったのかはよく知らない。妹本人もまだ語るつもりはないようで、何度かそれとなく探りを入れてみたこともあったが全て無視されている。

小・中学校では活発な子だった。友達もたくさんいたし、成績だって優秀だった。所属していたバスケ部では誰よりも練習してレギュラーに選ばれて、チームに貢献してた。少なくとも僕の目にはそう見えた。外側から見えるものはその人のごく一部に過ぎない。それはわかっているつもりだけど、まさか部屋に閉じこもって返事すらしなくなるくらい陰鬱とした事情を抱えているとは思ってもみなかった。

「じゃあ僕、行くから」

僕は母にそう告げて居間を出た。玄関で靴を履き、扉を開ける前に一度振り返って、二階にも届くような声量で「いってきます」と言った。気を付けてね、と母の疲れた声が返ってくる。それから数秒待ってみたがやはり妹からの返事はなかった。

腕時計の時刻を気にしつつ、最寄り駅まで早足で歩く。朝の時間は短い。

満員電車に乗りこみ、周囲の人とおしくらまんじゅうしながら妹のことを考えた。母にはああ言ったものの、こういうとき僕ら家族は彼女に対してどういう距離感を保つべきなのかわからなかった。根掘り葉掘り聞いてもいいのだろうか。そっとしておくべきなのだろうか。家族にまで心を閉ざしているわけではないと信じたいのだが、タイミングや接し方を誤ると一生部屋から出てきてくれなくなってしまうのではという恐怖がある。

「ずいぶんのんびりだな」

「すみません」

事務室に入ると水原（みずはら）補佐は僕にそう言った。

時刻は八時十五分。始業は八時半なので遅刻をしているわけではない。

身長は自分より小さいが、空手で鍛え上げたというその身体はまるで岩石のようだ。四肢と首は丸太のように太く、着ている服がはちきれそうなほど張っていた。常に睨んでいるような目つきと禿げ頭が特徴的で、そこに座っているだけで周囲の人間を竦ませる。

ちなみに水原補佐の「補佐」は課長補佐を意味するポスト名であり、およそ課長の次に偉い人のことである。階級は警部。ドラマではよく警部のことを警部殿、と呼んでいるが、課長もだいたい警部が務めるので、おそらく上下関係をわかりやすくするという意味もあって階級ではなくポストの名称でその人のことを呼んだりする。

荷物をデスクの下に置き、パソコンを立ち上げる。起動を待っていると、おもむろに水原補佐が近寄ってきて、一枚の紙を眼前に突きつけてきた。

「おい熊谷、これを書いたのはお前だな」

水原補佐が手にしていたのは一昨日の火災現場の出動記録書だった。階級が下の者から順に内容を確認し、問題がなければハンコを押すという作業が行われ、無事に一番偉い人の承認が済めばファイル化される。もっとも、特に大きなミスがなくても、スタンプラリーはだいたい水原補佐のところで止まるのが常だった。

「なってねぇ、やり直せ」

「あの、どこをどう直せば……」

「あのなぁ、それを俺に言わせるか？」

彼は記録書を僕のデスクに叩きつけるようにして置くと、ずかずかと大股で自席に帰っていく。僕はため息をついた。異動からまだ一か月しか経っていないが、早くもこんなことばかりが続いていた。

周囲を見渡してみるが、誰一人としてこちらの方には見向きもしない。唯一自分の味方になってくれる嘉山先輩は今日は非番だ。自分一人の力で耐えるしかなかった。

そんな折に警電が鳴った。受話器を取る。一番若い自分が電話を取らなければあとでとやかくいわれるので、僕の受話器を取るスピードはこの一か月で格段に上がっている。

『科捜研の者だが、嘉山か熊谷はいるか？』

「小春さん。自分です。熊谷です」

『おお、熊か。なあ、あの不良少年二人が煙草を吸っていた時間を知ってるか』

「いえ、わかりません。その後の捜査は所轄の刑事課に委ねたので」

『じゃあ問い合わせろ。今日中な』

「え？　僕が問い合わせるんですか？」

『実は海老名署の刑事課と仲悪いんだよ。現場でも口利いてなかっただろ。さっき自分でもアクセスしてみたんだけど教えてくれなかったんだわ。悪いんだけど頼む。あと他にも頼みたいことがあるから報告ついでに科捜研に来い。じゃあな』
「え、あ」
返事をする前に通話が切れる。まあ、仕事なんてないので（任されていないので）余裕はあるが、抜け出す口実を作るのが難しい。
僕はとりあえず海老名署の刑事課に警電をかけ、捜査の進捗と小春が気にしていた「少年たちが煙草を吸っていた時間」を尋ねた。どうやら立て込んでいるようで、情報をまとめ次第、折り返し連絡するという答えが返ってくる。僕はお礼を言って受話器を置いた。

刑事課から連絡が来たのはその日のお昼休みが明けた直後だった。メモ帳を広げ、会話の内容を記入する。

それから水原補佐のデスクまで足を運び、昼食の間に考えていた口実を述べた。

「補佐。科捜研の荷物にうちの荷物が混ざっていたようなので取ってきます」

彼は返事をしなかったが、明らかに不機嫌そうな表情で、虫を手で払うような仕草をした。それは僕への嫌がらせを思いつかなかったときの態度だった。

僕は水原補佐に背を向けて事務室を出ると、そのまま科捜研へと向かった。

マップを確認したところ、科捜研の拠点は本部とは別の建物にあるようだ。

神奈川県警察本部は日本大通り駅から徒歩五分、横浜市中区の海岸沿いに建っている。庁舎は二十階建ての高層ビルで、下から仰ぐと首が疲れるくらいの高さを備え、それなりに栄えた横浜の街に睨みをきかせるような大きな態度で佇(たたず)んでいる。ちなみに一般公開されている本部最上階の展望ロビーからは、赤レンガ倉庫やみなとみらいのビル群が見えたりする。

一方科捜研は本部から南に約一キロ、横浜中華街のすぐそば、加賀町(かがちょう)警察署の隣にあるらしい。今までに訪れたことは一度もない。

現場で小春に会ったのちに、科学捜査研究所について少し調べてみた。

科捜研は各県警の刑事部に配置される附属研究機関で、主に法医係、化学係、文書・心理係、物理係の係で構成される（県によって係名や組織構造は多少違うらしい）。それぞれの係で、警察官が犯罪現場から採取した試料の鑑定などを行っている。

科捜研と言えば白衣を着て黙々と検査をしているイメージがあったのだけど、物理係では小春のように火災現場の調査に協力したり、文書・心理係ではポリグラフ検査を行ったりと、多様な業務を担っている。

鑑定業務の他には、犯罪捜査技術の向上のための研究開発を行っているようで、場合によっては大学と連携しながら国内・国際学会に参加もしているらしい……が、このあたりは世界が違いすぎて想像すらできない。

今は法医係のＤＮＡ型鑑定、物理係の防犯カメラの解析が鑑定嘱託の大半を占めるという話を聞いている。防犯カメラの解析って物理なんだ、と思ったが、まあ、係名を見たところ物理以外が受け持つのもおかしな話のような気もする。

研究所に到着し、敷地の外から建物を眺めた。研究所は五階建てのコンクリート造り。特に真新しいわけでも、こじゃれているわけでもない無骨な外観は研究所というより公民館のようである。

カードリーダーに通行証をかざして中に入った。一階の壁に取り付けられていたフロアマップを見て、二階の東側に「物理係」の部屋があることを確認する。僕は早足で階段を上って二階へ行き、該当のドアの前に立った。

「すみま――」

ノックをしようと手を出したときに扉が開き、不機嫌そうな顔をした男が目の前に現れた。

上背は百八十以上ある自分よりも五、六センチ低い程度。年齢は四十代のような気もするし、三十代と言われても通るような気もする。糸で結わえたように固く閉ざされた唇。ヘビのような目つき。やや骨ばった面長の輪郭に浮かぶその表情は、少なくとも友好的ではない。

左胸に「科学捜査研究所」の文字が刺繍(ししゅう)された作業着をまとっているのを見て、彼が小春と同様、科捜研の研究員であることを知る。

彼はぎろりと僕を睨みつけると、低いずっしりとした声でこう言った。

「どちら様で？」

「あ、えっと特殊の熊谷です。小春さんに」

「小春」という名前を出した瞬間、彼は何も言わずに僕の脇を通り、そのまま階段を下りていく。いつの間にか身体に力が入っていたようで、彼の姿が見えなくなったところで僕は脱力して息をついた。

「あの、何か御用ですか？」

開きっぱなしになっていた扉の向こうから痩身の青年が顔を覗かせ、僕にそう言った。

年齢は二十代中頃だろうか。風が吹いたら折れてしまいそうなほどひょろりとしている。病人のように肌が白い。ポメラニアンの毛みたいにふわふわした頭髪が爆発していた。

「あの、小春さんに用がありまして」

「小春さん、お客さんですよ」

青年は丸い大きな眼鏡(めがね)をかけなおしつつ、部屋の奥に向かってそう言った。

「おお、来たか」

部屋の奥の方から小春の声がしたと思った矢先に、どたどたと慌ただしい様子で彼女が表に出てきた。

今日の彼女は、その小さな体軀をだぼだぼのデニム生地のオーバーオールで包んでいた。年季が入っているように見えるが、ひざ下あたりにカラフルな布生地がツギハギ細工されており、おしゃれな古着みたいになっている。今にも折れてしまいそうな細い足首を裾の下から覗かせ、ピンク色のコンフォートサンダルでフィギュアのように小さな足を包んでいた。黒髪のショートボブは寝起きのようにぼさぼさだ。

「時間はどうだった？　煙草を吸った時間」

彼女は僕に会うなり単刀直入にそう尋ねてきた。

「吸っていたのは出火が確認された日の二十時頃だそうです。自己申告ですけど。遺体もまだ見つかっていません」

火災現場からは遺体は出てこなかった。

遺書に書いてあることが本当かどうかはわからないが、現在、所轄の刑事課の指揮で相模川の下流域の捜索が開始されている。今日の昼時点ではまだ遺体は見つかっていないらしい。

「なるほどね。行くぞ」

小春は軽く頷くと、「北条、ちょっと外に出てくるから留守番しとけ」と先ほどの青年に告げた。青年は不満げな表情で「そんな、僕——」と口にしたが、小春がばたん、と勢いよく扉を閉じたせいでその先は聞けなかった。

小春はサンダルをぱたぱたさせながら廊下を突き進んでいく。僕はその小さな背中に向かって尋ねた。

「科捜研の物理係って、何人いるんですか？」

「本当は六人だな」

「え？『本当は』って？」

「私、さっきのメガネ、あとお前と入れ違いになった男。今、千葉にある科警研に出向しているやつが一人。あと産休中のやつが一人。で、去年蒸発したやつが一人。実際今ここで働いているのは三人だな」

「さ、三人ですか……大変ですね」

「そーでもないぞ。人が少ない方が気楽でいい」

研究所の外に出て、彼女は駐車場の方向に歩を進めた。ぼろぼろの公用車の前で足を止めると、ポケットから鍵を取り出して僕の方に投げつけてくる。

「お前が運転しろ」

「え？」

「私、運転苦手なんだよ。今までに、公用車、五回ぶつけてるから」

「科捜研の方に頼めばいいじゃないですか。ほら、さっきの眼鏡の男性、後輩なんですよね？」

「あいつ免許持ってないんだよ。免許取るくらいだったら、そのお金でガチャを回したいんだと」

「ガ、ガチャ？」

「あいつ、推しキャラのためなら生活費をも削るイカれたやつだから」

上司に述べた口実の内容を考えると、あまり長居はできない。立場を考えればどちらを優先すべきかは明白だが、彼女の要望を断るのもそれはそれで恐ろしいものを感じる。僕は諦めて鍵を開け、運転席に座った。

「で、行き先は……？」

「ホームセンターだ」

小春は助手席に座ると高らかにそう言う。

「ホ、ホームセンター、ですか？」

意図がまったく読めないままエンジンをかけ、とりあえずアクセルを踏む。何を買いに行くんだと尋ねても「それは行ってからのお楽しみ」と言って教えてはくれない。

小春のナビに従って公用車を走らせること約二十分、目的のホームセンターに到着した。エンジンを切るのとほぼ同時に、彼女は車から飛び出して自動ドアめがけてすたすたと歩いていく。僕も慌ててその後を追った。

彼女が訪れた場所は木材が販売されているコーナーだった。他の商品に目もくれず、迷うことなく目的の場所までたどり着いたところを見ると、これまでに何度も訪れているのだろう。

仁王立ちする彼女の前には、材質の異なるいろんな種類のフローリング材が傘立てのような台に突き刺さっている。小春は片っ端からフローリング材を抜き取ってはそれを僕の方へ押し付けてくる。

「何をするつもりなんです?」

「実験だよ、実験」

何の実験だと聞いてみるが、やはりというか、「それは結果が出てからのお楽しみ」と言って教えてくれない。

結局計十五種類のフローリング材をそれぞれ二つずつ、レジで購入した。それらを公用車の後部座席に運び込む。彼女は満足げな表情を浮かべ、「よっしゃ帰るぞ」と意気揚々と言った。

「辛気臭ぇ顔してるな。上司にいじめられでもしたか」

「ど、どうしてわかったんですか?」

帰りの道中、唐突に小春が占い師みたいな口調でそう言った。ちょうど、帰ったらどうやって言い訳しようかと上司の顔を思い浮かべながら考えていたところなので、的確に心を読まれたようでぎくりとする。

「お前のところの調査官は、暇なのかよく科捜研に遊びに来るからな。最近の若いやつは使えねえってぼやいてたぜ」

調査官というのは補佐より階級が上のポストに就いている人のことで、要は水原補佐の上司だ。相応に偉い役職だが、課長には及ばない。出身大学が同じということもあってか、調査官は水原補佐と仲が良い。それ故かはわからないが、調査官の僕に対する態度は水原補佐のそれとだいぶ似ている、というか普通に嫌われている。

「本部の捜査員って、できるやつが集まるイメージなのに意外だな」

「ええ、そうですよね。僕も本部に行きたかったわけではなくてですね……希望は交通機動隊だったんですけど……人事はコントロールできませんから」

「なんで嫌われたんだよ。理由があんだろ？」

「実は僕、家庭の事情で、早く帰ったり遅く出勤したりしないといけないんです。上司は、新人は誰よりも早く出勤して先輩より遅く退勤するべし、という価値観を持っているみたいで、それに背(そむ)いているのが気に入らないみたいなんです。それが最初のきっかけだと思います」

部外者の小春に話す内容でもないと一瞬思ったが、一度口を開いたら止まらなかった。

「あと、水原補佐が主催している空手の練習会に誘われたことがあるんですが、そのう、断ったんです。それから補佐の態度が露骨に変わりまして……」

「空手の練習会？ あいつプライベートでそんなことしてんの？」

「ええ。僕が空手の経験者ということもあって、稽古に参加してほしかったみたいです。でも僕、あんまり組手が得意じゃないんですよ。痛い思いをさせてしまうのは気が引けるというか……」

もっとも、本当のところは本人たちに聞かない限りわからない。嫌われた理由はいろいろ考えられるが、嫌われる理由にそんな大それたものなんてたぶんない。こういうのはきっと理屈じゃないのだろう。

「なんだよ、お前悪くないじゃん」

「え？」

「要は思うように言うこときいてくれないから、嫌がらせしてるってことだろ。子供かよ。というか新人が早く来て先輩より遅く帰るっていつの時代だよ。残業代払える立場でもねぇのによくそんなこと言えるよな。それに練習会って別に仕事と関係ないし。プライベートを仕事に持ち込むって一番きもいやつじゃんか」

小春はふわっと退屈そうに欠伸をした。座席をうしろに倒し、細いつまようじみたいな脚をお行儀悪くダッシュボードの上に乗せて、居眠りの体勢を取る。

「かくいう科捜研もそんな感じだけどな。私も新人のときはお前みたいにイジめられたもんだぜ。お前、さっきモアイ像みたいな顔の男とすれ違っただろ。あれ私の上司。あいつも頭カチコチの昭和じじぃだから」

「そ、そうなんですか……」

「ご愁傷様。まあじっとして異動を待つんだな。それか科捜研の仕事を手伝えよ。さっき人員構成を説明したけど超絶人手不足なんだよ。私の手足になってくれると助かるんだが」

「そうしたいところですが、それはそれで怒られそうです」

「まあ、それもそうか。あ、そこのコンビニ寄って」

小春は寝ころんだ姿勢のまま進行方向に現れたコンビニの看板を指さした。僕は言われた通りにコンビニの駐車場に公用車を滑らせる。

「お前もついてこい」と言われたので、僕も車を降りた。入店すると小春はレジの上に掲げられているディスプレイを眺め、その中からパフェの写真を指さし、

「マンゴーパフェ。あと21番の銘柄を二カートン」

と言った。

「え？　ああ、煙草ですか？」

「年確されるのウザいから、お前が買え」

「はあ……あの、これ、あとでお金戻ってくるんですよね？」

煙草、吸うんだ。小春が煙草を吸うところを想像しつつ、僕は言われた通りマンゴーパフェと煙草を購入した。

小春は車内でパフェをぺろりと平らげると、その数分後にすうすうと寝息を立て始めた。こっそりとその寝顔を盗み見る。人形のようにまつ毛が長い。化粧っけはなく、露出した肌は剝きたてのゆで卵のようにつるりとしている。黙っていれば普通にかわいい女の子だ。先ほどの悪魔のような悪口が生まれつきだとは信じたくない。何がどうなったらこの子の性格があなるのか気になったが、それを知るすべは今の僕にはなかった。

科捜研の駐車場まで戻ると、小春は目を覚ましてうーんと伸びをした。購入した煙草を器用に脇に挟みつつ、後部座席に積んでいたフローリング材をごっそりと両手いっぱいに抱えた。

「じゃあな熊。結果が出たらまた連絡する」

彼女はそれだけ言い残して姿を消した。

特殊の事務室に戻ると、案の定、僕は水原補佐に「荷物を取りに行くのに何でそんなに時間が掛かるんだ」とめちゃくちゃ怒られた。これに関しては彼の言い分はもっともだろう。僕はどう言い訳をするのか考えたが、何を口にしても火に油を注ぐだけになるなと直感し、黙っていた。

一通りお説教が済むと、電話番をしていろと命じられた。電話が来たら上司に繋ぐ。それだけの仕事だった。何か他の仕事はないかと尋ねることが無意味であることは既に学習済みだ。他の人が忙しそうにしている中で自分だけが暇そうにしているのは心苦しい限りだが、僕の力ではどうすることもできない。

その日は電話を取る以外の仕事を任されることはなかった。メンタルがすり減る音がした。

◇

八月一日。月曜日。私は数週間ぶりに本社に出社していた。現在の私の業務はデスクワークが主で本来であれば出社する必要はないが、パソコンを押収された今、自宅でできることは皆無に等しい。

「余っているパソコンはないか」

「え？」

　ゲートをくぐり、そのままPCサポートセンターへ直行すると受付の女性社員にそう尋ねた。彼女は高負荷をかけたパソコンみたいに数秒の間フリーズした。そんなことを言うやつは今までにいなかったのだろう。

「社員証はありますか？」

　首に提げていた社員証を外し、彼女に差し出した。彼女はそれを受け取ると、社員IDを確認しながらキーボードを操作する。

「確認いたしました。すぐにご用意いたします」

「頼む」


　一時間後、受付のカウンターでノートパソコンを受け取ると、四階のフロアに向かった。もしかしたら何かしら噂が流れていて、奇異の目に晒されることを予想したが、周囲の社員が私の存在を気にかけている様子はなかった。

　フロアの出入口付近に設置されているカードリーダーに社員証をかざしてタイムスタンプを押し、空いているデスクを探す。窓際の日当たりのいいデスクに陣取ると、ノートパソコンを開いて電源を入れた。社員IDとパスワードを入力してアカウントにログインする。

――お疲れ様です。証券取引等監視委員会の塚島と名乗る人物に、会社のパソコンを押収されてしまいました。その件について至急打ち合わせをお願いしたいのですが、お時間いただけないでしょうか。

真っ先にチャットツールを立ち上げ、専務の根岸にそんなメッセージを送信する。十五分後に、十一時から十分程度なら話せるという返答が来た。

十一時までほんの少し時間がある。私は席を立ち、自動販売機でホットコーヒーを買った。自販機の前のベンチでコーヒーを一口だけ飲み、焦る気持ちを落ち着かせるように深呼吸をする。独特の緊張感が全身を蝕んでいた。得体の知れない組織に好き放題されたあげく、情報を与えられぬまま放置されている今の状況は控えめに言って異常だろう。

私は飲み残したコーヒーを持って自席に戻った。

約束の時間になったので、ヘッドセットを装着し、根岸との個人チャット画面で「会話する」ボタンを押した。

『佐久間君、久しぶりだね』

「お忙しいところ、アポもなく……」

『いや、いい。こちらから連絡を取りたかったが繋がらなかったんでね』

「既に内容はご存じですか？」

『ああ。しかし把握しているのは概要だけだ』

「会社用のパソコン、スマホを押収されました。今はサポートセンターからパソコンを借りて繋いでいます」

『相手は証券取引等監視委員会だな？』

「はい」

『身に覚えは？』

「ありません」

『そうか。本人に説明がないとはいい加減だな』

根岸はため息をついた。

『君にインサイダー取引規制違反の容疑がかけられている』

「インサイダー取引？」

寝耳に水だった。

「私は株取引など行っていません」

『内部情報を外部に伝達することもインサイダー取引に該当する』

インサイダー取引は、株価に影響を及ぼす未公表の情報などを利用して自社株等を売買することだ。一般投資家が知るよりも前に株価の値動きを把握できれば、大勢のトレーダーを出し抜いて利益を得るのはたやすい。ただ、私は自社株の取引は行ったことがない。

一方根岸が言うように、たとえ自身が株取引を行わなくても内部情報を部外者に教えることだけでインサイダー取引に該当する。しかし、全く身に覚えがなかった。

「身に覚えがありません。ここで言う内部情報とは何ですか」

『例の新薬だ』

「死亡事故の件ですか」

『そうだ』

私は下唇を噛んだ。

ここで言う新薬とは、当社「東雲製薬」が開発した免疫チェックポイント阻害薬、「アプクトラピリ」のことだ。副作用による死亡事故が相次いだために販売停止に追い込まれた。訴訟問題にまで発展しており、現在進行形で（特に上層部では）大騒ぎとなっている。

「確かにその情報は一般公開前に知る機会がありました。けどそんなこと言いふらすわけがないでしょう。それに、死亡事故の件が一般公開されるまでにその情報を知った社内の人間は私だけではないはずです」

『私も詳しくは聞いていないが、どうやら君の身内が――』

「何です？」

通信不良が生じたのか、突然ノイズが入り相手の声が聞こえなくなる。

『我々も――が、――君も調べてくれ。自分の潔白は自分で証明するといい』

「すみません、通信状態が悪くて聞き取れません。なんとおっしゃいましたか？」

『すまない、急いでいる』

彼はこちらの質問に答えることなくぶつりと通話を切った。私は嘆息した。多少情報は得られたが、肝心の、こういった事態に陥っている理由に関しては全くわからないままだった。両肩にずっしりとした目に見えない重圧がのしかかるような気分だった。


死亡事故が相次いだ新薬というのは免疫チェックポイント阻害薬と呼ばれるもので、がん治療に使用される免疫医療薬の一種である。

免疫医療薬の「免疫」とは、外部から侵入してきた細菌やウイルスなどの病原体などを非自己と認識して排除する防衛機能のことだ。この免疫には自己の細胞や臓器を必要以上に攻撃しないようにブレーキをかける機能が備わっているのだが、がん細胞によっては、このブレーキ機能を身にまとい、免疫反応を回避するという性質を持っていることが最近の研究によって明らかになってきた。

免疫チェックポイント阻害薬のメカニズムは、このブレーキをかける機能を抑制することでがん細胞を攻撃するというもの。新しいがんの対抗策として今最も注目を浴びている医薬療法と言っても過言ではない。既に数種類の免疫チェックポイント阻害薬が商品化され市場に出回っているが、まだ研究は途上であり、今後その種類は増加していくことが予想されている。

免疫チェックポイント阻害薬の問題点は、がん細胞への攻撃を促進する一方、自身の正常な細胞まで攻撃して副作用を誘発してしまうことだ。臨床試験の段階では発見できなかった副作用により死亡事故が数件報告され、販売停止となった。

当然、開発費に投じた莫大な資金は回収し損ね、かつ死亡事故という本来なら起こしてはならない事件を起こしてしまったことにより、当社のマネジメント層は悪夢を見る羽目となった。

通常新薬は十年近くの開発期間を要し、しかも商品化に至るのは二万〜三万件のうちたったの一件程度。厳しい審査を潜り抜け、死屍累々を踏み越えて商品化まで漕ぎつけた我が子のような薬品が、こうして危険物の烙印を押されて市場からの撤退を余儀なくされたときは赤字どうこう以前に我々社員の心を沈ませた。とはいえ死者が出ている以上、心を沈ませているだけでも不謹慎に値する。

チャートを追っているわけではないが、株価も相応に下落したに違いない。確かにこの情報を一般公開前に外部に漏らせばその時点でインサイダー取引の罪に問われるだろう。

　神に誓ってこの情報をリークしたという事実はない。根岸との会話で「君の身内」という言葉を聞き取ったような気がしたが、妻や娘にも話していないし、在宅ワークのために持ち帰っている会社のパソコンを誰かに触れさせるようなこともなかった。パソコンにはロックがかかっている上に、サーバーにアクセスするためのパスワードも必要となるため、触れたところで情報を盗み見ることは容易ではないだろう。

　私は思考を止めてコーヒーを口にした。すっかりぬるくなった苦い液体が、からからに干からびた喉を刺激する。

　私は気持ちを切り替えて、サーバーに保存してある運営会議の議事録を漁ることにした。死亡事故の件が報告された時期を思い出しつつ、それと近い日付が入ったファイルネームの議事録を順に開いては、内容を確かめていく。

　あった。これだ。

　一月の会議で初めて新薬「アプクトラピリ」の死亡事故の報告がされているようだ。その後の調査により薬と患者の死亡の因果関係が認められ、議題に上がった日から約半年後の六月頭――二か月前に販売停止。その件が全国に知れ渡ったのがつい二、三週間前だ。上層部は今も本件の火消し作業に追われている。

出席者を確認し、私はファーマコビジランス部の瑞穂(みずほ)のアカウントにメッセージを投げた。とにかく今は情報が必要だった。

一時間後に返信が届き、その日の十五時から三十分だけオンラインで会話することになった。

約束の十五時になり、根岸との会話のときと同様にヘッドセットを装着してオンライン通話を開始した。

『ああ、知っていますよ。こっちでは噂になっていますからね』

彼はファーマコビジランスと呼ばれる部署を統括する人物だ。

ファーマコビジランスというのは、薬を使った患者の身体に生じた、薬の影響と考えられる好ましくない症状を収集し、記録、評価する部署のことである。死亡事故の件の報告を議題に上げたのも彼だった。少なくとも私よりはるかに早く情報に触れ、詳細を把握しているのは間違いない。

「漏洩(ろうえい)した内部情報に関してもご存じですか？」

『ええ、新薬の件でしょう』

「私は全く身に覚えがないんです。私以外の社員に疑いをかけられている事実はありませんか？」

『それはどういう意味です？　疑われるべきは私たちだと言いたいのですか？』

「その……そう聞こえたのなら謝ります。私が言いたかったのは、私だけが疑われているというこの現状が――」

『私の知る範囲では、疑いをかけられている人間はいません。あなたが情報をリークしたという証拠を委員会は握っているということではないのですか。情報の取りやすさが今回の肝ではないと思うのですが』

瑞穂は淡々と言う。まるでロボットのように抑揚のない声だった。カメラをお互いオンにしておらず、表情も見えないのでまるで人工知能と会話しているような感覚すらある。

『この期に及んで身に覚えがないっていうのは虫が良すぎるのではないですか、佐久間さん。私も詳細は聞かされていませんが、彼らもそれなりの根拠を持ってあなたに疑いをかけているのでしょう。言い逃れができるとも思えませんがね』

決めつけるような発言が少々癇に障るが、ここで声を荒げても何の解決にもならない。私は努めて平静を装って返した。

「本当に身に覚えがないんです」

『よく思い出してくださいよ。うっかり話してしまったことがあったかもしれませんよ。もしくは、パソコンを盗み見られたとか。そういえば佐久間さん、娘さんが薬剤師さんでしたっけ』

「……何が言いたいんです？」

『職業柄、何らかの理由で製薬会社の情報を欲していたと考えられないですかね』

「憶測でものを言わないでいただきたい」

『失礼。とにかく自分も詳しく知らないんですよ。ずるがしこく金儲(かねもう)けを考えるのは構いませんけどね、我々の仕事を増やさないでいただきたいですね。ただでさえこんな大変なときに』

　これ以上会話を続けても何も得るものがないどころかメンタル面でマイナスになりそうなことを悟り、予定よりもだいぶ早いが、私は相手の言いがかりを適当にいなして通話を切った。

　ふう、と重い息をつく。

　状況がまるで理解できなかった。

　どうやら新薬の死亡事故に関する情報の漏洩があったのは間違いなさそうだ。だがなぜ私が漏洩したことになっているのかがわからない。根岸と瑞穂の反応をうかがう限り、少なくとも二人はその理由を把握していないのだろう。

　今後の展開が予想できないが、少なくともいい方向に転ぶ未来が見えない。私は再び重いため息をついた。

◇

「小春先生とうまくやっているみたいじゃないか」

嘉山先輩が唐突にそう言った。

今日は午前中から小田原の火災現場へ臨場していた。上司の意向により普段は暇を持て余している僕だが、嘉山先輩が上司との間をうまく取り持ってくれたおかげで、火災現場の作業員としての派遣は許されている。

滞りなく作業は終わり、今は県警本部へと帰るために高速道路をひた走っている途中だった。ちなみに今回の火災現場において科捜研への出動要請は行っていない。理由はわからないが、火災の規模が大きい場合に応援を要求するという方針らしい。

「ええ、まあ。うまくやっているというか、うまく使われているだけな気もしますけど」

僕は一呼吸おいてから続けた。

「あとから思い出したんですが、『久龍』って六年前の刑事部長と同じ苗字ですよね」

「ああ。娘さんだ」

「え、そうなんですか？」

刑事部長というのは本部長、警務部長に次ぐ県警のトップ三の役職に相当する。本部長と警務部長がキャリア組と呼ばれる国家公務員が就任する一方、刑事部長はいわゆるノンキャリアの最高位。つまり神奈川県警に就職した者の中で下から這い上がり、頂点に君臨した人物ということだ。

歴代の中でも久龍刑事部長は別格で、刑事部長の役職に就任する前から数々の伝説を残したと言われている。六年経った今もその影響力はかすかに残っており、「神奈川のドラゴン」がいなくなってから治安が悪くなったとぼやく職員はまだそれなりに存在する。

今もなおその影響力が褪せることのない伝説のデカが県警から姿を消したのは、六年前のあるセンセーショナルな事件がきっかけだった。

久龍刑事部長の自宅で火災が発生し、本人と家族が焼死した事件だ。当時かなりの騒ぎになったのを憶えている。それが放火によるものなのか失火によるものなのか、どうにも憶えていないが、憶えていないということはおそらく原因が突き止められなかったのだろう。

「生きていらしたんですか」

「憶えてるのか。例の火災」

「ええ、衝撃的でしたから」

「小春先生はそのとき科捜研の職員になりたてのころで、寮暮らしだったから」

「巻き込まれなかったんですね」

「彼女の性格があんなに凶暴になったのは、その事件がきっかけだって噂だ。昔は普通にただのかわいい女の子だったんだぜ。科捜研のマスコットみたいなポジションでちやほやされまくってた」

「へぇ……」

強烈な毒を吐いているところしか見ていないので、彼女がちやほやされている姿をあまり想像できない。

「今はすっかり問題児扱いだけど、実力はあるから『科捜研のリトル・ドラゴン』とか陰で言われてる。彼女は嫌がるけどな」

科捜研のリトル・ドラゴン。誰が考えたか知らないが、言い得て妙かもしれない。

「小春と呼べって言ってるのは」

「たぶん久龍刑事部長の娘さんと認識されるのが嫌なんだろうな。誰もそんなこと考えちゃいないだろうけど」

なるほど、少しだけ謎が解けた。

六年前に新人、ということは、年齢は三十手前くらいか。科捜研は大学院卒も多いらしいからひょっとしたら三十を超えている可能性もある。なんだ、めちゃくちゃ態度がでかいから勝手に先輩だと思っていたけど、僕と大して変わらないじゃないか。

　インターチェンジから一般道に下り、本部に近づいてきたところで僕は言った。

「ちょっと科捜研に寄ってもいいですか？」

「構わんが俺は車で待ってるぞ」

「はい。すぐ終わると思います」

　科捜研の敷地に入り、空いているスペースに公用車を滑らせる。

　シートベルトを外して車から降りようとしたところで、嘉山先輩が僕に言った。

「先輩から一つアドバイスだ。小春先生は大の甘党だ。何か頼み事がある場合はお菓子を手土産として持っていくと受諾率があがる。意外とミーハーなところがあるから話題のものを持っていくと良い」

　嘉山先輩はそんな助言を僕に渡すなり、胸ポケットの中からワイヤレスイヤホンを取り出してそれを両耳に装着した。シートを後ろに倒して身体を横にしつつ、スマホを操作して、外界の情報を遮断するような音源を両耳に流し込む。

「はあ……憶えておきます」

　以前、公用車の中でマンゴーパフェをあっという間に平らげていたことを思い出す。今のところ頼まれているばかりで菓子折りを持参する日が来るとも思えないが、まあ押したら喜ぶツボを知っておいて損はないだろう。

正面の入口から研究所に入り、二階の物理係の部屋へ向かった。

ノックして扉を開けると、手前の席に座っていた北条が回転椅子を回して身体の正面をこちらに向けた。相変わらずポメラニアンの体毛のようなふわふわの髪の毛が大爆発している。

「小春さんに呼ばれてきました。頼み事があるとかなんとか……」

「お疲れ様です。小春さんなら火災実験室にいますよ。案内します」

彼は立ち上がり、部屋から出ると、自分が来た道を逆走するように廊下を歩き出した。

「火災現場に行かれていたんですか？」

歩きながら北条がそう尋ねてくる。火災現場調査の帰りなので、作業着は灰で真っ黒だった。鼻が慣れてしまったので臭いは感じないが、周囲には火災現場独特の異臭が漂っているに違いない。

「ええ。すみません、汚い恰好で」

「構いません。物理係もいつもそんな感じなので、慣れてます」

彼は目じりにしわを寄せてほほ笑んだ。

「お名前は熊さん、で良かったですか？」

「いえ、熊谷です」

「失礼しました。熊谷さん」

　僕は苦笑した。小春が僕のことを「熊」と呼んでいるのを聞いて勘違いしたのだろう。

「それはそうと、ご遺体はまだ見つかってないんですか？　例の自殺した疑惑のある少年」

「ええ、まだ」

「そもそも、警察がご遺体を探すものなんですか？」

　彼は邪気のない口調で疑問を口にした。警官とは少し違う立場の職員、一日の大半を鑑定と研究に費やしているであろう科捜研の職員となれば、現場の感覚がわからないのも無理はない。

　ちなみに科捜研と僕ら警察官は同じ組織の人間であることは間違いないが、就職するときの入口が異なる。彼らは警察官志望者とは別の試験を受け、科捜研の職員として就職する。該当学部の大学を卒業していることが条件らしく、誰でも試験を受けられるわけじゃないらしい。

「ええ、警察の職務の中に個人の生命の保護もありますから。それなりの対応をしなければなりません」

「いつまで捜索するんですか？」

「社会的反響や状況を見つつ、署長の判断で決まります」

「へぇ。違反者を取り締まることだけが仕事じゃないんですね。あ、こっちです」

彼は会話を続けながら階段で一階に下り、裏口まで僕を導いた。きぃと音を立てて扉を開け、外に出る。

扉の外で僕を待ち構えていたのは、五階建ての研究所と肩を並べるほどの巨大な建物だった。視界の範囲内に窓はなく、中の様子をうかがうことはできない。屋上に円柱状のタンクのようなものが取り付けられているのが唯一の特徴で、他は特に目につくものはなかった。

伸び放題になっている雑草に足を取られながら、左に五メートルほど進むと学校の体育館のような分厚い観音扉（かんのんとびら）の前に行きついた。二人で左右それぞれの扉を開き、中に入る。入った先にもう一つ、似たような分厚い扉が僕たちの行く手を阻んでいる。防音スタジオの入口みたいだなと思いつつ、もう一つの扉も押して開けた。

開けた瞬間に火災現場で嗅いだことがある独特の異臭が鼻を突き、僕は思わず顔をしかめた。

出入口から四メートルほど先に上半分がガラス張りの壁があり、屋内の空間を二つの領域に分断しているようだ。壁より手前の空間には鉄管や木材などが壁に立てかけられたり、煤で汚れたヘルメットや長靴などが散らかったりしていた。

ガラスの向こうは、こちらの空間から見える範囲に雑然としたところはなく、がらんとしている。照度の低いオレンジ色の照明にぼんやりと照らされており、昼間なのに夕焼け時のような雰囲気を漂わせていた。火災実験と言うだけあって中で物を燃やすのだろう。向かって左手に、実験室内に繋がる重厚な扉がある。

「ここが火災実験室です」

「火災実験室……初めて来ました。科捜研ってこんな実験室も持っているんですね」

「県によっては持っていないところもありますね」

「ここで何をするんですか？」

「そのままなんですけど、火を使う実験はだいたいここで行います。特殊の方も今後使われると思いますよ。そうですね、……この前は、この実験室に放火された火災現場を再現して、着火から最盛までの時間を計測していました。放火犯の発言内容に矛盾がないかを確かめるための実験です。補強証拠ってやつですかね。僕たち研究員は研究目的で実験を行ったりもしますけど」

「へぇ……」

「嘉山さんがよく担当されていますので、気になるようでしたら聞いてみてください」

北条はそう言いながら、扉を開けて実験室の中に入った。僕も後に続く。

床はおよそ七メートル四方の正方形。レンガが敷き詰められ、床面積の四方を縁取るように排水溝が取り付けられている。外側からは見えなかったが、向かって右側の壁際に大量のコンクリートブロックが積まれ、また複数の薄い鉄板が立てかけられていた。実験中だったのか、床の中央には先日購入したフローリング材が等間隔に並べられている。

外から見た建物の高さは三階から四階相当に思われたが、キャットウォークがあるだけで二階以上のフロアはなく、吹き抜けになっているようだ。歩くたびに足音が反響し、上の方に抜けていく。

「小春さん、お客さんですよ」

小春は実験室の端の方で、四つ積み重ねたコンクリートブロックの上に座り、絶妙にバランスを保ったたますうすうと眠っていた。こんなところでよく眠れるなあと思う。

「小春さんってば」

「んあ？　そろそろ食べごろか？」

「何寝ぼけてんですか」

小春は目を覚ますときょろきょろと辺りを見渡した。とろんとした目で北条と僕の顔を交互に見ると、「ああ、しまった仕事中だったか」と水原補佐の前でうっかりつぶやいたら殺されそうなことを言った。

「では僕は仕事が残っているので失礼します。小春さんの相手、してあげてください。意外と寂しがり屋なので」

「うっせーぞ北条。あんまふざけたこと言ってるとお前のゲームアカウント初期化すんぞ」

「それをされたら即座に辞表を出しますからね」

北条は呆れたような表情を浮かべてそう言うと、踵を返して実験室を後にした。軽口を叩き合える二人の関係性が普通に羨ましい。

小春は実験室の中央に置かれていたフローリング材を指さした。

「見ろ」

それぞれのフローリング材の上には五つの煙草の吸殻が等間隔に並べられている。フローリング材の数は全部で十五種類。つまり十五×五＝七十五個の煙草が並べられていた。吸殻の火は既に消えており、大半は吸殻の設置箇所の周辺に少し焦げ目がついている程度だったが、中には煙草の置かれた場所を中心に円形の穴が開いているものもあった。

「現場の再現をしていたんですね。現場で見た穴とそっくりです」

身体を屈め、フローリング材の焼けっぷりを観察しながらそう言うと、小春は「そうじゃない」とぴしゃりと否定した。

「おそらく、煙草による失火ではない」

「どういうことです？　現にこうやって実験までして……」

「施設の不良少年どもが煙草を吸っていた時刻は二十時頃。火災の通報があったのが零時前だ。つまり吸殻が床に落ちてから着火までに最低三時間かかったことになる」

「ええ、そうなりますね」

「長くなるから詳細は省くが、二カートン分の煙草を使って、可能な限り条件を変えて再現を試みた。ほとんどのフローリング材においては円形の穴が開く前に鎮火。数あるうちの三つだけは煙草から木材に延焼し、期待通りに穴が開くまで無炎燃焼が進んだが、現場で見た穴と同じ大きさになるまでかかった時間は約十時間だ」

「じゅ、十時間……」

「まあ、燃焼系はどうしても定量判断が難しいから、実験と呼ぶにはずいぶんお粗末なものだがな。少なくとも今回用意した条件の中では、三時間程度では穴すら開かない。無炎燃焼ってのはそれくらい延焼の進行が遅いんだよ」

小春は複数あるうちのフローリング材の中から一つを選び、それを僕に見せるように持ち上げた。煙草を接地させていた五つの箇所のうち、両端の二つにぽっかりと円形の穴が開いていている。彼女はフローリング材の片方の先端を下に向けて持ち、顔の近くにきた穴から覗くようにして僕を見た。漫画のキャラクターのような大きい瞳が穴の向こうで爛々と輝いていた。

「違和感を覚えた点が科学とは無関係なことが情けないが、おかしいと思ったきっかけはあの遺書だ。憶えているか」

「ええ、じっくり読んだわけではないですが」

「実際にいじめがあって自殺する動機があったとしても、『川に飛びこんで死のうと思います』などと、やたらと文章が説明的なところがどうも引っ掛かる。そして遺書が川の近くにあったのも解せない。部屋に置いておけばいいだろ。まるで、火災を予期し燃えないようにそこに置いたと言わんばかりだ」

「遺書に違和感があり、かつ少年たちの発言内容と出火時間の辻褄が合わない……」

「そうだ。辻褄が合わない。前提を疑う必要がある」

数秒の間を置いてから小春は言った。

「思い浮かんだ仮説は二つだ。少年らが主張している『二十時』が間違っているという説。もう一つは、現場で見た穴が無炎燃焼によってできたものではないという説だ」

「どういうことですか?」

「床に何かしらの道具で事前に穴を開け、近くに煙草の吸殻を置いたうえで、別の燃料に着火すれば偽装もありえない話じゃない。焼けてしまえばどっちもただの焦げた穴だ。見分けはつくまい」

彼女はフローリング材をくるりと回転させ、もう一つの穴を僕に見せた。

「こっちの穴は、円切りカッターでフローリング材を切り、円の縁を焼いて炭化させたものだ。言いたいことはわかるな？」

僕はフローリング材の両端に開いている穴を見比べた。無炎燃焼によって生じた穴の形の方が多少いびつではあるが、両者に大きな差があるわけではない。

「……つまり、少年が煙草の不始末を装って放火したと言いたいわけですか。不自然な遺書から想像するに、自殺にみせかけて今もどこかで生きている、と」

「放火したのは少年本人とは限らんがな。その可能性があるっていうだけだ」

僕は唸った。考えにくい話ではあるが、万が一その説が正しいのなら一大事だ。現在相模川で遺体を捜索している警察はまんまと踊らされていることになる。

「そこでお前に相談だ」

「何でしょうか」

「海老名署の刑事課から遺書を借りてきてくれ。コピーでもいい。私は嫌われているからたぶん断られる」

彼女はフローリング材を元の場所に戻すと、再びブロックの上に座ってロダンの考える人のようなポーズをとった。

「どうしてですか？」

「気になることがある」

「どう気になるんです？」

「気になることがあるんだ」

どうやら、小春ははっきりとしたことがわかるまでは多くを語りたくないタイプの人間らしい。何をどう聞いても「気になることがある」の一点張りでそれ以外の情報を頑（かたく）なに渡さない。僕はそれ以上問いかけるのを止（や）めた。

嘉山先輩が待っている。あまり長居するわけにはいかない。僕は「お約束はできませんが、掛け合ってはみます」とだけ言ってその場を退いた。

出入口から外に出るときに振り向いて、実験室の中を一瞥（いちべつ）する。彼女は同じポーズをとったまま、さながら本物のブロンズ像になってしまったかのように微動だにせず、思考を凝（こ）らしているようだった。彼女の頭の中で今どんな考えが巡っているのか僕には想像することすらできない。僕ら警官とは別人種であるのはもはや疑いようもないが、我々が考え及ばない彼女のひらめきが事態を大きく進展させるかもしれないという期待や予感があった。

僕は首を振った。他人に期待したところで自分を取り巻く環境が変わるわけではない。僕はまず自分の役割を見出し、それを果たさなければならない。僕は小春から目をそらして今一度前を向くと、外に出て駐車場へと歩を進めた。

◇

雨が強くなっていた。

まるで石が降っているのではと勘違いするほどに、大粒の雨が傘をぼつぼつと強打する。

土壇場でもう少し戸惑うかと思ったが、そんなことはなかった。後悔なんてこれっぽっちもなかった。むしろなぜ今まで耐え忍ぶばかりでもっと早く反撃しなかったのだろうと、これまでの気弱な自分を戒めたくなる。ぼくは進んできた道を振り返り、火が消えてしまわないように願った。

辺りはどっぷりと闇に浸かっている。まるでそういう引力が働いているかのようにぼくの足は自然と速くなった。少し気が急いていた。早く落ち着ける場所に身を隠したかった。

待ち合わせ場所の廃屋の前には、既に一台の黒い車が停まっていた。運転席に近づくと窓が開き、男が顔を覗かせる。暗くて表情は見えない。

「君が立花望くんで合ってる?」

「うん」

「よし。乗ってくれ」

車の反対側に回り込み、助手席のドアを開けた。手に持っていたものを一度座席に置いて両手を空けてから、さしていた傘をすぼめた。

「サッカーが好きなのか?」

座席に置いたサッカーボールを見て男はそう言った。

「別に好きじゃない」

「サッカーが好きじゃないのにボールを持ってるやつなんていないだろうに」

「身体を動かすのは好きじゃない。抽象代数学を学ぶ過程でときたま具体的なモデルを手元に置いて見たくなるときがあるんだよ。サッカーボールは切頂二十面体。対称群はIh。わかる?」

嘘(うそ)だった。別に立体をリアルに用意する必要はない。ぼくはもういつでも好きなときに頭の中に多面体を出現させて好きなように動かすことができる。持ち歩いているのは単に生前の父からもらった大切なものだからだ。この形見だけは施設に置いてくることはできなかった。

「ほお、噂通り賢そうなこと言うな。なんだ、図形が好きなのか」

「ぼくの関心事項は幾何学じゃない」

　ぼくははき捨てるように言った。もう何度同じ説明をしたかわからない。

「みんな目に見えるわかりやすいものにしか興味がないよね。まあ、ぼくも昔は幾何学をずっとやってたけどさ」

　ぼくがこういう話をすると、だいたい大人の反応は今みたいに勝手に幾何学と結び付けて知ったような口を利くか、何も聞かずに話題を変えるかのどちらかだ。

　ぼくも自分自身が普通ではないことは自覚している。気味悪がられるのは慣れていた。

「昔ってお前、まだ小学生じゃんか。俺は数学のことは知らんからなんもコメントできんが、好きなことがあるのは良いことだ。またあとで俺にもわかるような簡単なやつから教えてくれよ。よっしゃ、とりあえず、出発するぞ」

　ぼくが座席に乗り込み、シートベルトを締めたのを確認してから男はアクセルを踏んだ。

　ぼくはボールを抱えたままの状態で身体をひねり、窮屈な体勢で後部座席に視線を投げる。後ろの座席には誰も乗っていない。

「公彦（きみひこ）おじさんは？」

「公彦おじさんは別件でな。心配するな、来週、落ち合うことになってる」

顔を右に向けて、運転席に座る男の横顔を観察した。

年齢はおそらく三十歳前後。狐のような少し吊り上がった目と高い鼻が特徴的な男だった。機嫌が良いのか知らないが、今にも口笛を吹き始めそうなくらい朗らかな表情をしている。

身に着けているグレーの半そでの袖口の位置から肘にかけて刺青が見えているが、どういうわけか少しも威圧を感じない。ハンドルを握る手は大きく、ぼくの二倍はありそうだ。

「ねぇ、おじさんは、公彦おじさんとどういう関係なの？」

男の素性が気になり、ぼくはそう尋ねた。

「友達だよ。昔からのな。俺は清谷喜一。よろしくな。喜一って呼んでくれ」

「ふうん」

「興味なさそうだなあ。君は？」

「さっき自分でぼくの名前を呼んでたじゃんか。知ってるんだろ」

「君の口から教えてくれることに意味があるんじゃないか」

「望。立花望」

「いい名前だ。よろしくな、望」

大抵の大人に感じる狡さや、見下すような態度を全く感じさせない、妙な雰囲気の男だった。見た目は全く違うけれど、友達と言うだけあって公彦おじさんと似た匂いを感じる。ぼくは少しだけ安心した。

「どこに向かってるの？」

「なんだ、聞いてないのか。山梨だ」

「ふうん」

「なんだ、行き先にも興味なさそうだな」

ぼくは少しだけ眠気を感じて欠伸をした。

ぼくの要求は、施設を抜け出して、公彦おじさんといっしょに暮らすことに尽きる。神奈川じゃないところで、見つからなければ別にどこだって構いやしない。

「今のうちに食いたいものを決めておくといい。うまいもんがいっぱいあるからさ」

第二章
数学者の逃避行

出勤の準備を終えた僕は、二階に上がり、梢の部屋の前に立った。

「梢、冷蔵庫にカレーがあるから」

こんこん、と優しくノックして、扉の向こうにいるはずの妹に声をかける。せめて返事だけでもしてほしいのだが、数秒待っても中から声は聞こえてこない。僕は諦めて扉に背を向けた。

階段の一段目に足をかけたところで部屋の中からがしゃん、と何かが倒れたような音がした。不審に思い、引き返して扉の前に再び立つ。耳を澄ましてみるものの状況はわからない。

「梢、開けるぞ」

扉を開けると梢と目が合った。床に落ちたスタンドライトを拾おうと身を屈めている。

仕事の帰りが遅いというのもあって、最近妹とろくに顔を合わせていない。彼女の顔を見るのはずいぶん久しぶりなような気がした。少し痩せたのか頬がこけはじめ、肌の色は病人のように青白い。短かった髪は肩甲骨くらいまで伸び、手入れがされていない雑草のようにぼさぼさだった。

彼女はどういうわけか高校の制服を着ていた。傍らには通学バッグ。まるで学校に行くために準備をしていたような出で立ち。

そんな妹の恰好をまじまじと見つめていると、彼女は顔をりんご飴のように赤らめた。そして僕に背を向け、紺色の靴下を乱暴に脱ぎ始める。靴下を脱ぎ終えたらスカートのチャックに手をかけた。

チャックを下ろす前に僕の方をぎろりと睨みつけ、「出て行って」と、猛獣の唸りみたいな雰囲気を醸しつつ言った。

「着てみただけ。学校には行かない」

彼女はそう言って、脱いだ靴下を投げつけてくる。目撃した現象に対してどんな感情を抱いて良いのか整理がつかないまま僕は言われた通り部屋を出て、階段を下りた。

妹がどういう心境で制服に袖を通したのか、想像するのは簡単なことではなかった。だが少なくとも登校する気が全くない人間が制服を身に着けるはずはない。学校に行くことが全てではないけれど、少しは進歩を感じていい気もする。

僕は一階の和室に行き、仏間の前に立った。父の遺影の前に置かれた、カレーが盛られた器を手に取る。生前の父が好きだったカレーを作った日は、少しだけ仏壇に供えるのが習慣になっていた。

遺影の中から堅物そうな父の顔がこちらを見ていることに気づき、僕は器を手にしたまましばらく固まった。実際堅物な人だった。超がつくくらいの真面目で、曲がったことが嫌いな、良くも悪くも古臭い体質の、偏見かもしれないが銀行マンという肩書に相応しい内面を備えた人だった。自分という大黒柱を引っこ抜かれて倒壊の危機に瀕している熊谷家を見て、父は今何を思うだろう？

カレーが入った器にラップをして冷蔵庫に入れたあと、僕は出発するべく玄関に向かった。玄関で靴を履き、一度振り返って家の中を見る。

「行ってきます」

そう言って数秒待ったが、やはり返事はなかった。

その日のお昼過ぎ、僕は科捜研物理係の部屋を訪れた。

「まだ遺体を探してんのか。もう五日くらい経つが」

「ええ、結構大きいニュースになっているので……」

「まあ、マスコミが好きそうなネタではあるわな」

小春はデスクの上に足を乗っけつつ、シュークリームをかじっていた。ケーキ屋さんが扱うような白い箱がデスクの上に載っていて、その中にはテニスボール程度のサイズのシュークリームがまだ三つほど入っている。明らかに一人で食べる量ではないが、部屋に入ったとき六つあったシュークリームは順調に彼女の胃に吸い込まれている。小春の右の口元にはクリームがついていた。

二十畳程度の空間に、六つのデスクが向き合うように設置されている。入口から入って右側の壁は全面本棚となっていて、銃器や火災、交通に関する専門書や、「鑑定書」と背表紙に記されたファイルなどがずらりと並んでいた。

入口から一番遠い席で、不機嫌そうな男が無言で何らかの書類作成の業務を進めている。以前、一度すれ違っただけで、まともに話したことはないのだが、事前に組織表を閲覧していたおかげで彼がどういうポジションの人物であるかは知っている。面長な輪郭に小さな目と猛禽類（もうきんるい）のくちばしのような大きな鼻が並んでおり、口はへの字に曲がっていた。怪我（けが）でもしたのか、なぜか右頰に大きな絆創膏（ばんそうこう）のようなものが貼られている。

僕は身を屈め、小春に耳打ちした。

「あの、小春さん。あちらにいらっしゃる――」

何やら小春と彼の間には猛烈に険悪な空気が流れているような気がする。結論、その読みは大正解で、二人の関係性を探ろうと小春に話を振ると、彼女はたちまち彼への攻撃を開始した。

「ああ、権田（ごんだ）のこと？　サボりの常習犯。俗にいう窓際族だ。どーせ今だってやることなくてクロスワードパズルでもしてんだろ」

「ちょ、ちょっと小春さん」

本人にもしっかり聞こえる音量で悪口を言い出すので、僕は焦った。

「心配するな、仲はもともと死ぬほど悪いから」

「そ、そういう問題じゃないですよ。何も自分からケンカ売りにいく必要はないじゃないですか」

　上司相手にここまで直接的に物申せるのはもはや才能としか思えない。

　がんっ、とおそらく小春の発言に腹を立てた権田が、デスクの脚を蹴飛ばして威嚇してくる。何も言葉は発していないものの、その両目に灯る炎を見れば彼がそれなりに怒っていることは容易にわかる。そりゃそうだ。あそこまで直接的に言われて穏やかな方が逆にどうかしている。

「言い返せなくてモノに当たるなんてだっせぇやつだな。養成科からやり直せバーカ」

「口の利き方には気をつけろ小娘。お前の我儘な勤務態度や様々な始末書案件がいったい誰のおかげで不問になっていると思ってる」

「関係ねぇ話を持ち込んで勝手に論点ずらしてんじゃねーよコラ。お前は人の欠点数えるのが趣味なのか？」

「小春さん！　これ！」

　乱闘が始まりそうな気配を感じ取り、僕は二人の間に入って強引に話の腰を折った。

　僕は懐に手を入れて一通の封筒を取り出すと、それを小春に差し出した。海老名署の刑事課から受け取った、少年が書いたと思われる遺書のコピーだった。

「頼まれていた遺書のコピーです。気になっていることってなんです？」

小春は手に持っていたシュークリームの残りを頬張り、封筒を受け取って中を確認した。五枚のＡ４用紙に、施設や学校でされていたといういじめの内容や、いじめの主犯格の人物の名前が書かれている。封筒の表面に書かれていた文字は手書きのようだが、それ以外はパソコンの文書処理ソフトで作成されたもののようだ。

「よふやっは、まはほんははいひはほほひゃなひんはは」

「飲み込んでからしゃべってください」

「よくやった。まあそんな大したことじゃないんだがな。ついてこい」

小春は立ち上がると、ピンクのサンダルをぱたぱたさせながら出口へ向かい、部屋の外に出た。僕もその後を追って部屋を出る。

彼女は廊下をずんずん進み、物理係の部屋のちょうど対角に位置する部屋まで足を運んだ。ノックもせずに扉を開き、中へ入っていく。

「おいひげ爺（じい）、起きろ。仕事だ」

照明が落とされているせいで部屋の中は薄暗い。少し狭いが物理係の部屋とレイアウトは似ており、中央に五つのデスクが向き合うようにして置かれ、入口から入って右手の壁には本棚が置かれている。左手には長テーブルが壁に沿うように配置され、見たこともない機械やパソコンがその上に置かれていた。奥の方にソファが設置されている。

ソファには黒のスラックスに白のポロシャツという恰好の男が寝そべっていた。口を開けていびきをかいている。

ミイラのようにやせ細っていて、ライオンのたてがみのように四方に跳ねた頭髪の色は真っ白。両目をアイマスクで隠しているので表情の全ては見えないが、露出した肌は麻袋の表面のようにかさかさしている。六十、いや下手したら七十代にも見えるが、現在の定年は六十なので見た目が老けているというだけだろう。

「死んだか？」

小春は男の額をぽかりと叩いた。

「おいコラ、昼休憩は終わってんだよ、税金泥棒」

「ひょ？」

彼は驚いた様子でアイマスクを外し、カメレオンみたいなぎょろりとした目で僕らを見つめた。

「おお、小春ちゃん。口元にクリームついとるよ」

「あん？」

「わしが舐めたろうか？」

「きっしょ。死ね」

小春は右手で口元をぬぐい、それから不服そうな表情で僕を見た。言ってくれてもよかっただろ、と顔に書いてある。

「小春さん、この方は？」

「こいつは、文書・心理係の陣内だ。みんなからはひげ爺って呼ばれてる」

ひげ爺なる人物は僕の顔を見てにっと笑った。前歯が一本欠けている。妙なことに「ひげ爺」というあだ名のくせにひげが生えているわけではない。

「小春ちゃんのボーイフレンド？」

「ほざけ。恋バナしにきたわけじゃねえんだよ」

小春は例の遺書を差し出した。

「ひげ爺、これ。例の遺書だ」

ひげ爺はよっこいせ、と言いながら身体を起こし、骸骨みたいに骨ばった手でその封筒を受け取ると、中に入っていた紙を出して広げた。

「游明朝だね」

遺書の内容を眺めてから約十秒後に彼はそう言った。

「ゆうみんちょう？」

「オフィス２０１６以降のワードのデフォルトフォント」

「こいつはマイクロソフトのワードやエクセルのソフトに搭載されているフォントの形状を全て記憶している変態だ」

小春が横から補足する。

というかなんだその特技。フォントの形状に興味を持った過程も謎だが、それを全て記憶するのは並ではない。それとも文書・心理係の職員はそういうことも知っておかないといけないのだろうか。

「ちなみに文書・心理の業務とは全く関係ない」

小春が僕の心の中を読んだかのようにそう付け足した。

「マイクロソフトのオフィスはおよそ三年単位でバージョンが更新されるんだがね、オフィス２０１３から２０１６への変更時にデフォルトフォントが変わっているんだよ。つまりこの文書はオフィス２０１６以降のバージョンのワードで作成された可能性が高い。もちろんユーザーがデフォルトを変更した可能性もあるけどね」

ゆったりとした口調でそう説明するひげ爺。言っていることの意味はわかるが、彼らが一体僕に何を伝えたいのか、いまいちつかめない。話が見えずに沈黙を貫いていると、小春がこう続けた。

「前にも言ったが、私は今回の件は失火に見せかけた放火であり、少年は自殺しておらずどこかで生きているのではと考えている。この遺書は本当に少年が書いたものか？　誰か別の人間が作成した可能性はないか？　別の誰かが絡んでいるのだとしたらそいつの目的は？」

「つまり、この遺書から真犯人を追おうと……小春ちゃんはそう言いたいわけだね？」

「そうだ。だがヒントになりそうなのはフォントだけ。調べるにしても限界はあるだろうがな。さて、熊。私たちができるのはここまでだ。私たち職員に捜査権限はないからな。もちろん、遺書のフォントを糸口に捜査を進めたところで先に繋がるかはわからんし、無駄足になる可能性もある。真犯人がいる保証はどこにもないしな。だから調べる価値があるかはお前が決めろ」

「あの、小春さん、話の内容は理解できたのですが……その、どうして僕にこんなことを言うんです？」

「はん？　決まってんだろ」

不思議に思ってそう尋ねると、小春はこちらに向き直ってまじまじと僕の顔を見つめた。長いまつ毛が彼女の瞬きに合わせて上下に動いている。

「私はさ、若者に出し抜かれて泡を食う老害の間抜け面を見たいんだよ」

科捜研のリトル・ドラゴンはそう言って不敵に笑い、牙のような八重歯を覗かせた。

不意に目の前に蜘蛛の糸が垂らされ、半分消えかけていた闘志が再び勢いを増したような気がした。彼女の言う通り、深堀りしたところで空振りする可能性ももちろんあるが、電話番をするか火災現場で灰掻きをするくらいしか仕事を与えられない自分に、断る理由なんてありゃしない。僕は言った。

「わかりました。やってみます」

◇

眠りから目が覚めた。

いつもと違う見慣れない天井を目にして、ここが山梨の隠れ家ということを再認識する。ぼくは布団から這い出ると、寝室を出て一階のリビングに下りた。

「よう望、起きたか」

「うん」

キッチンに立つ喜一が、満面の笑みでぼくを迎えた。

車に乗っているときはわからなかったが、喜一の背は高く百八十は越えていた。モデルのように股下が異常に長い。全体的に身体の線は細くはあるが筋肉質で、とてつもなく強そうに見える。

食卓には喜一が用意した豪勢な朝食が並んでいる。ほうれん草とベーコンのキッシユ、トマトスープ、アボカドとサーモンが載ったバゲット……。どうやら喜一には見た目によらず、冷蔵庫の中にある、あらゆる食材を美味しい料理に変えてしまうという特技を持っているようだった。

「うなされてたけど、大丈夫か？」

「眠っていたときのことなんて、もう忘れてる」

平静を装ったけれど、本当は少しだけ夢の内容を記憶していた。強者に囲まれ、なすすべなく痛めつけられていた過去の記憶を再現するかのような夢だった。だがそうした苦い経験は間もなく過去になり、ぼくには無縁のものとなる。

ぼくは席に着き、リモコンでテレビのスイッチを入れた。映し出されたのはニュース番組で、タイミングのいいことにぼくが起こした火災の事件について報じている。淡々と台本を読み上げるキャスターの声に耳を傾けつつ、ぼくはバゲットをかじった。

『五月八日の午前零時頃、神奈川県海老名市にある児童養護施設「ポンプラム」から黒煙が出ていると一一九番通報がありました。火は三時間半ほどで消し止められましたが、施設に入所していた立花望さんが現在行方不明となっています――』

施設から逃亡し、山梨の隠れ家に身を隠してから約半日が経っていた。ニュースによると、ぼくらが山梨に潜伏していることはおろか、生きているかどうかすら警察はつかめていないようだ。うまいこと遺書も見つけてくれるといいんだけど。まあ、概ね計画通りではある。

隠れ家の場所は山梨という話だけれど、山梨のどこに位置しているかはわからない。周囲に住宅はなく、四方を山に囲まれているところを見ると山梨の中でも辺境であることは確かだ。当然公共施設の類は近くにはないし、なんなら公道もない。神奈川からここに向かう際、到着する前の三十分はまともに舗装されていない砂利道をがたがたと走ったのを憶えている。

隠れ家は二階建ての一軒家で、田舎に不釣り合いのモダンかつ洋風な造りをしている。そんじょそこらの一軒家より大きく、キッチンやダイニングルームを除く部屋の数は全部で八つ。ぼくと喜一の二人で過ごすには広すぎる。

「ねえ、ここ、誰の家?」

「公彦おじさんの知人の家。海外赴任で今は日本にいないらしくて、格安で借りられたんだと。なあ、そんなことはどうでもいいから、朝食を済ませたらキャッチボールしようぜ」

食卓の上にヨーグルトが入った器を置きながら、喜一がそう言った。

「やだよ、つまらなそう」

リビングの掃き出し窓から見える芝の庭は、草野球ができそうなほど広大だ。体力測定の遠投すらできそうだが、あいにく気分が乗らない。

「じゃあ釣りに行こう。近くに川があるんだ」

「やだよ、つまらなそう」

「じゃあ何すんだよ。暇じゃんか」

「頭一つあれば暇なんて潰せる。キャッチボールでも釣りでも、一人でやればいいじゃん」

「わかってないなあ。二人でやると楽しさが二倍になるんだぞ」

ぼくはため息をついた。喜一は悪い人間ではなさそうだが、なれなれしいのがうざったい。

食事を終えたあと、ぼくはリビングに放ったらかしにしておいた自分のリュックを抱えてテーブルに着いた。中から何の変哲もない一冊のノートと筆箱を取り出して、テーブルの上に広げる。お気に入りのシャーペンを筆箱から出し、おしりをノックして芯を出すと、開いたページの左上に日付と時間を記録する。

いつの間にかぼくの背後に佇んでいた喜一が、不思議そうな顔をしながら「何のノート？」とつぶやいた。

「ぼくの研究ノートだよ。アイデアとか思考の過程をメモするんだ。数学の記録が多いかな。頭の中を整理できるし、一回書いてしまったものは忘れない。喜一も釣りとかやっている暇があったらやった方がいいよ。頭が良くなる」

「言うほどページが進んでないじゃないか」

喜一の言う通り埋まっているのは最初の三ページのみで、大部分が白紙である。ぼくはノートを一度閉じ、表紙に書かれていた「No.14」の文字を見せた。

「これは十四冊目。嵩張るから十三冊目までは置いてきた。今頃、灰になってるんじゃない？ だいたい内容も憶えてるからいいんだよ」

「ほお、すごいなそれは。噂通りの天才だ。俺だったら書いたところで即忘れる自信がある」

喜一が胸を張ってなぜか自信満々にそう言う。

ぼくの場合、一度読んだ本の内容はだいたい頭に入るし、紙に書いた記述は忘れない。時間が経てばそれだけ情報は埋もれがちだけど、時間をかけて検索すれば大抵のことは思い出せる。それは人間の共通した能力だと思っていたのだけれど、どうやら大半の人の記憶はそういう仕組みになっていないらしい。

エビングハウスの忘却曲線に則って、記憶したことを復習しなければ一日後には74%のことを忘れるということを聞いたとき、とても不便で可哀そうだと思ったものだ。でも逆にその忘れっぽさが羨ましいと思うこともあった。いじめられたときの悲しみや絶望も、痛みも、苦しみも、ぼくはいつまでも忘れることができないのだから。

「そうだ、公彦おじさんから渡しておいてくれって言われていたものがあるんだった」

喜一はそう言って慌ただしく二階へ上がり、数分と経たないうちに右手に何かを持って戻って来た。彼から手渡されたのは、一台のスマートフォン。

ぼくのクラスのスマートフォン所有率はおよそ半分。施設暮らしのぼくは当然自分専用のスマホは持っておらず、それを扱った経験はあまりない。だが図書館の共用タブレットを頻繁に使っていたのでだいたいの操作方法はイメージできた。

ぼくはスマートフォンの電源ボタンを押し、アイコンをタップしてウェブブラウザを起動する。だがネットに繋がっていないのか「接続されていません」と表示された。

「なんだよ、ネットに繋がってないじゃん」

「このあたり、電波があんまり良くないんだよ。山ばかりだからかな」

「うげぇ、田舎かよ。ネットに繋がっていないスマホなんてただの金属の塊じゃん」

「場所によっては繋がるぜ。窓の近くとかかな。公彦おじさんとの連絡はこれでよろしくってさ」

スマホの電波アイコンを睨みつけながら、しらみつぶしにネット接続可能場所を探索した結果、一階掃き出し窓付近がもっとも繋がりやすいエリアということが判明した。繋がっただけマシかもしれないけれど、さすがに不便すぎて呆れる。

おかげで一日に数回、スマホを片手に掃き出し窓のそばに立ち、新たな着信がないかチェックするという習慣を身に着けることになったが、それからしばらく経ってもそのスマホに何らかのメッセージが届くことはなかった。

お腹が空いたら、喜一が用意した無駄に豪勢な手料理を食べ、外に連れ出したがる喜一を無視して数学の研究に明け暮れるという平和な時間をただ漫然と過ごした。

最初の方は今に警察が押し寄せてくるのではないかという恐怖もあったが、三日も経つとすっかり警戒心も薄れ、このまま永遠に穏やかに暮らせるのではという淡い期待すら芽生えていた。

そんな喜一との緩い生活に変化があったのは五月十四日の土曜日、十三時を過ぎたころだった。喜一が作ったパエリアを食卓に並べていたときに、きんこん、と呼び鈴が鳴った。インターホンのモニターに寄って来訪者の顔を確認する。

「公彦おじさん！」

ぼくは玄関まで飛んでいき、鍵を開けて公彦おじさんを迎えた。

面長でやや角ばった顔面に、きりっとした眉と凛々しい目がちょうどいいバランスで配置されている。露出した肌はもれなく夏のサーファーのように浅黒い。鍛え上げた筋肉の程度は黒のカットソーの上からでも充分にわかった。

数か月ぶりの再会で昂る感情はうれしさではなく戸惑いだった。いつもだったら温和な表情で満たされているはずの公彦おじさんの顔が、怒りを堪えているかのような険しいものになっていたからだ。

「誰が火災まで起こせと言った」

公彦おじさんは硬い表情のまま、挨拶もなくぼくにそう言った。

「その……火災調査をさせることで警察の人員を分散できるんじゃないかと思ったんだよ。それに出火原因を調べる過程であいつらの喫煙が明るみになれば、ぼくがいじめられていたことの信憑性が高まる。ほら、遺書には、火を消していない煙草を腕に押し付けられたって書いてあるからさ」

「理屈をいろいろ考えたようだが、つまるところお前は恨みを晴らしたいだけだろ？俺は施設から逃がすことを約束しただけで復讐に加担するとは言ってない」

「でもきっと大丈夫だよ。図書館に消防監修の火災の本が置いてあったから、それを参考にしたんだ。そうだ、内容を憶えているからノートに書いて再現できるよ。心配ならそれを見て――」

ぼくはテーブルに置いてあったノートを開き、シャーペンを手に取った。無炎燃焼に関する記述を思い出し、ノートの新しいページにシャーペンの先を走らせる。

数文字書いたところで、公彦おじさんがテーブルに近づいてきてノートを強引に取り上げた。そしてそのままそのノートを思いきりぼくの方へ投げつける。

「痛っ」

ノートの背表紙の硬い部分がこめかみを直撃し、拳で殴られたときのような衝撃に襲われた。何が起きたのかよくわからないまま彼の方を見る。怒りで燃え盛る彼の両目を見て、ぼくはようやく自分がしたことの重大さを理解した。

あの温厚な公彦おじさんに攻撃されたという事実がショックで、ぼくの思考は一瞬で麻痺した。いろんな感情がごちゃ混ぜになり、自然と目じりから涙が出てくる。

「今後こういった勝手な真似はするな」

「おい、やりすぎだ」

「黙れ」

喜一がぼくの元に寄ってきて、強く打ったこめかみに優しく触れる。

「失敗は許されないんだ」

公彦おじさんは食卓の椅子に座ると頭を抱えて固まった。

公彦おじさんは一度だってぼくを怒ったことはなかったし、誰に対しても紳士だった。いつも優しくて、いつもぼくを肯定的に見てくれた。まるで同じ皮を被った別人になってしまったかのような彼を見て、絶望に近い感情がこみあげてくる。

ぼくはノートを拾って立ち上がり、リビングに置いておいた自分のリュックを背負った。それから玄関の段差に腰を掛けて靴を履き、玄関に転がしておいたサッカーボールを持って外に出る。

「おい待てよ、望」

「ついてくんなっ」

駆け足で逃げ出すぼくのあとを、喜一が追ってくる。大して足の速くないぼくはあっという間に追いつかれ、リュックの上の方をつかまれた。

「待てって。おい。きっと公彦おじさんにもいろいろ事情があるんだよ。俺からも厳しく言っておくから、今回は許してやってくれないか、望」

喜一の主張を聞いているうちに少しだけ冷静になり、一人ではどうすることもできないことを自覚した。逃げ出そうにも動ける範囲はたかがしれているし、子供一人で生きていけるほど現実は甘くない。

「じゃあ、パエリア食べそこねたからどっか美味しいものが食べられる場所につれていってよ。それでちゃらにしてやる」

「お？　おうよ。任せろ」

意外な提案だったのか、喜一は意表を突かれたような顔をした。

ぼくの要求は通り、その後間もなく喜一の車に乗って近くの飲食店へと向かった。

車は隠れ家を訪れたときにも経験した悪路を逆走する形で走行し、ぼくは助手席で再び激しく揺られなくてはならなかった。

「何が食べたい？」

「何でもいい」

「じゃあ、せっかくだし山梨名物のほうとうにしよう。ただバレたらまずいから、顔は隠しておいてくれな。収納ボックスにマスクが入ってる」

ぼくは促されるままに、助手席の前にある収納ボックスを開き、ビニールに入ったマスクを取り出した。マスクを装着すると顔の下半分がすっぽりと覆われる。

目的のほうとうのお店に到着したのは出発から約三十分後のことだった。喜一が駐車スペースに車をバックで入れている間に、駐車場に停まっている他の車を確認する。喜一が運転する車を除いて、全部で五台。その内一台が軽トラック。一台が軽自動車。残りの三台が普通車。

シートベルトを外し、ボールとリュックを持って外に出た。なんとなくそれぞれの車の乗員数をイメージしながら、喜一と共に入店する。

「なんだ、ボールは車に置いておけばいいのに」

「いいじゃんか別に」

通されたテーブル席につき、おしぼりで手を拭きながら店内を観察する。家族で来店しているのが三組。男女のカップルが一組。カウンターに座っている男が一人だ。

「一人前、食べられるか?」

「うん」

「望。お前、がりがりだし、たくさん食べろよ」

ありがた迷惑な発言をしつつ、喜一が看板メニューのほうとうを二つ注文する。料理を待っている間、喜一にどうでもいい質問を浴びせられたが、ぼくは生返事をするか無視するかして適当にいなした。

ほうとうが運ばれてきたところでカウンター席に座っていた男が会計のために席を立った。それを見てぼくも腰を浮かす。

「ちょっとトイレに行ってくる」

「ん?　ああ」

そのままこっそりと店を出て、駐車場に停まっている軽トラックの荷台に乗り込んだ。荷台を覆っていたブルーシートの下に潜り込み、積んであった木材に紛れて息を殺していると、間もなく先ほどの男が運転席に乗り込んでくる。男はエンジンをかけ、そして荷台に紛れた人一人に気づかないままトラックを発進させた。

一時間程度揺られたところでトラックのエンジンが静まり返った。ばたん、とドアが開く音がしたあとに、運転手の男のものと思われる足音が徐々に遠ざかっていく。

ぼくはブルーシートの隙間から外の様子をうかがい、見える範囲に人がいないことを確認してから荷台から飛び降りた。

どこかの駅のようだった。山梨の中では栄えている場所なのか、車や人の行き来が激しい。ぼくはマスクをつけ直し、極力不審な行動にならないように堂々と歩いた。

案内看板を参考にバス乗り場らしき場所に移動し、案内所で適当に高速バスの券を買った。バス乗り場に移動して、券を運転手に見せて乗車する。後部座席の端っこに陣取って、頭を窓に預けつつ数時間前のことを少しだけ思い出した。

ぼくは悲しかったし、憤っていた。いじめられて痛い思いをするよりも、信じていた人に牙を向けられることの方がよっぽど身に応えた。裏切られた気分だった。広大な野原にたった一人だけ取り残されてしまったような気すらした。

バスが動き出す。どこに行こうが構わなかった。もうどうにでもなればいい。

ぼくは目を閉じた。そして少しの間眠った。

◇

一週間前の八月一日に、金融庁から一通の封筒が届いた。封筒の中には、要約すると「直接取り調べを行うため金融庁へ来い」といった内容の文書が入っていた。文書の末尾には予定日時と、その日の都合が悪い場合に連絡する電話番号とメールアドレスの記載がある。なぜこのような情報が紙媒体で送られてくるのか疑問に思ったが、考えてみれば通信機器の類は全て彼らに押収されてしまって手元にない。逆にこれ以外の連絡手段はないだろう。

証券取引等監視委員会は、市場の公平性や透明性を保つため、市場分析や金融取引業者等の監視を行う機関である。法律上は金融庁に設置された審議会であり、警察のような逮捕権を持たないが、裁判所の令状をもとに家宅捜索する強制調査権が与えられているらしい。

ちなみに令状というのは捜索差押許可状に相当するもので、（ネット情報なのでどこまで本当かは不明だが）犯罪の捜査をする必要があれば比較的容易に発付できるようだ。これは逮捕状発付要件と比べると相当に緩い条件であり、令状発付担当裁判官に大きな裁量が委ねられているという。

証券取引等監視委員会の取り調べを受けた人間はそこまで多く存在しないのか、どこをどう調べてもそれに関する情報は見つからなかった。それ故これからどんな取り調べが行われるかわからない。今回の呼び出しに強制力はないはずではあるが、こちらから聞きたいこともあったため私はその呼び出しに応じることにした。

昼過ぎ、特に服装に指定はなかったがスーツに着替えて家を出た。小田急線（おだきゅう）で東京へ向かい、途中で地下鉄に乗り換えて最寄り駅の虎ノ門で降車する。改札をくぐり、階段を使って地上へと出た。

周囲にはどこもかしこも似たような形をしたビルが林立し、八方から私を威圧する。車と人の往来が激しい。慣れない土地に若干戸惑いつつ、スマホのマップアプリと周囲の様子を交互に確認しながら前進した。

虎ノ門駅から徒歩五分のところに金融庁のビルは堂々と佇んでいた。

自動ドアから中に入るとクーラーの冷気に包まれ、真夏の太陽光を照射されて火照っていた身体が一瞬で冷やされていく。

出退勤の時間を外しているためか人の出入りはそこまで激しくはない。入って正面には駅の自動改札機のような入口が複数並んでおり、当たり前かもしれないが部外者は入れないようになっていた。

私は受付に近づき、そこに座っていた女性の職員に来訪の目的と塚島の名を告げた。すると彼女はにこりともせずに受話器を耳に当て、素早い動作で番号をプッシュする。繋がった相手と二、三言葉を交わすと、彼女は淡々とした口調で「担当者が来ますので少々お待ちください」と言った。

しばらくするとスーツを着た男が受付まで早足で近づいてくる。その表情は硬く、歓迎されているような雰囲気はない。受付の女性から、首から下げる通行証を受け取り、入口を抜けて男の元へ寄った。軽く会釈したが男は何も返してこなかった。

取り調べというからには刑事ドラマとかでよく見る取調室のような、密室でマジックミラーが取り付けられている場所を勝手に想像していたが、男の案内で行きついた場所は十人程度入れる普通の会議室のような場所だった。

「どうもお久しぶり、佐久間さん。まあ、さっさと終わらせましょうや」

部屋の中央には巨大なテーブルが置いてあり、塚島はそのテーブルの真ん中に陣取って、わざわざ赴いた私にねぎらいの言葉をかけることもなくこちらを睥睨している。

私を案内した男もその部屋に残り、塚島の隣の席に座ってノートパソコンを起動させた。

「座りなよ。あ、録音させてもらうからね」

私は促されるままに椅子に座り、手に提げていた荷物を脇に置く。

着席すると、彼は手元に置いていたノートパソコンを、モニターが私に見えるように差し出してくる。既にエクセルが立ち上がっており、何やら「日付」と「行動」の項目からなる表が映し出されている。

「憶えている限りで、直近三か月、どこで何をしていたのかの記載をしてちょうだい。それを証明できるものがあれば提出してね。それと――」

「ちょ、ちょっと待ってください」

まくしたてるような塚島の説明についていけず、私は思わず相手の言葉を遮った。

「はい？」

「まず私がここに呼ばれた理由を説明していただきたい」

「インサイダー取引規制違反の疑いが浮上してますって言いませんでしたっけ。あれ、言ってなかったかな？ 奥さんには確かさらっと話したと思うんだけど、忘れちゃったのかな。まあいいや、知らなかったのならもう一回説明するよ。あなたは、あなたが所属する会社の内部情報、新薬の死亡事故に関する情報を一般に開示される前に第三者に流した。そうですよね？」

相手のいい加減な態度に早くも苛立ちを覚えるが、私は極力感情を表に出さずに尋ねた。

「根拠は何です？ 内部情報を公開前に知っていたことは認めますが、その情報を流した事実はない。疑われる理由がありません」

「根拠などどうでもいいでしょ」

「どうでもいいわけないでしょう。そもそもどこの誰に情報を流したって言うんです？」

「あなたの甥にあたる人物です。これまで一度も投資経験がない中、今回の取引をするにあたって初めて口座を開設し、相当な金額の資金を動かして株式の売買をしている。しかもぼろ儲け。あらかじめ株価の値動きを知っていたかのような取引だ」

「甥……確かに私に甥はいますが、私が彼に情報を流したと思われる根拠はなんです？」

塚島は渋い顔で私を睨みつけるだけで、私の質問に答えない。

「まさか根拠は血縁関係にあるということだけですか？　安直にも程があるでしょう」

私は愕然(がくぜん)とした。もし血縁関係以外に根拠がないのなら、単なる言いがかりに過ぎない。

「あのね、取り調べているのは俺たちです。あんたの質問に答える義理はない。いいからまずこちらの質問に答えてください」

「酷(ひど)すぎる」

私は相手の横柄な態度に苛立ちを隠せなかった。

「そもそも私は三年前に墓参りで顔を合わせて以来、甥に会っていない。私の私物を取り上げて徹底的に調べられたのでしょう？　だったら私が無実であることはわかるはずです」

「通信機器の類に履歴が残っていなかったとしても、情報を伝える手段は他にもある。そのための取り調べだ」

取り調べと言いつつ、塚島は私が情報を流したと決めつけているような口調だ。

「甥はなんて言ってる？」

「答える義理はない。いいからあんたは素直に知っていることを洗いざらい話せばいい」

塚島は身体を前傾にして私に顔を近づけると、にやりと残忍な笑みを浮かべた。

「いいかい。あんたが自白するまで、これから頻繁に呼び出して取り調べを行う。自白しなければあんたの知り合いを片っ端から強制捜査だ」

「ふざけてる」

「最初の捜査対象はあんたの娘夫婦だ」

「娘たちは関係ないだろ」

「結婚式に影響がないといいがな」

顔から血の気が引いていくのがわかった。どうやって情報を集めたのかはともかく、身辺調査は既に済んでいるらしい。やっていることは脅迫と何ら変わらない。今の時代にもこんな強引な取り調べが存在しているということが私にはとても信じられなかった。

その後、取り調べという名の脅迫は四時間続いた。

相手は娘を人質に取って自白を促すという昭和の警察の違法捜査みたいな力技を行

使するのみで、合理性のかけらもなかった。無論、吐けと言われても吐くものもなく会話は平行線をたどり、時間をかけた割に得られたものはお互いほとんどない。証券取引等監視委員会というかっちりした肩書は名ばかりで、予想以上に雑な仕事に私は辟易(へきえき)するばかりだった。

解放されて金融庁を出たときは心身ともに擦り切れ、疲労が身体全身にまとわりついているようだった。

塚島からは私を必ず犯罪者に仕立て上げてやる、という理不尽な気迫が常に感じられた。むろん認めるつもりは毛頭ないが、この取り調べがこの先ずっと続き、しかも周囲の人たちにも同じことがされると思うと気分は果てしなく沈んでいく。なぜこのような目に遭わなければならないのかと、自分の運を呪いもした。

電車に乗って自宅へと向かう道中のことはあまり記憶に残っていない。気づいたら自宅の前に立っていた。玄関の扉を開けた瞬間に冷気が身を包み、汗ばんだ皮膚が冷やされていく。玄関の段差に腰掛けて靴を脱いでいると、妻が奥から出てきて照明のスイッチを入れた。

「どうだった……？」

振り返ると、病人のように生気のない妻の顔が目に飛び込んでくる。つい、自らに降りかかった理不尽に対する不満を口にしそうになったが、これ以上彼女に心配をかけるのも忍びなく思い、発言の内容をとっさに変えた。

「いや、大丈夫だ。濡れ衣だから、そのうち呼ばれなくなる」

荷物を玄関に置いたまま洗面台の前に足を運び、手と顔を洗う。鏡には疲労で実年齢より五歳くらい老け込んだ自分の顔が映っていた。

食卓には二人分の食事が用意されていた。ストレスのせいか特に空腹というわけでもなかったが、妻の厚意を無下にしたくない。私は席についた。私が椅子に座るのと同時に、気を利かせた妻が「今温めなおすから」と言って食卓に並んでいた魚の煮つけを回収してキッチンの方へと運んでいく。

「ねぇ、今さらなんだけど、どんな容疑がかけられているの？　株取引って、株の価値が上がったらそれを売って儲けることかと思っていたのだけど、株価が暴落して儲かるっていう理屈がよくわからなくて……」

温めなおしたお皿を再び食卓に運んでくるタイミングで、妻が疑問を口にした。

「確かに、株取引をしたことがない人だとそう思うのも無理はないかもしれない」

妻がキッチンの方から温かそうな味噌汁の入ったお椀を二つ運んできて食卓に置き、席に着く。私たちは手を合わせ、食事を始めた。

「株価の値動きに関わる東雲製薬の情報を、公開前に第三者に流したと疑われてる。株の値動きに関する重要事実を事前に知って取引することは禁止されているんだ。今回の件での『重要事実』は東雲製薬が開発した新薬で患者が死亡したことで、株価が下落する情報だ」

「ええ、それはわかる」

妻はこくりと頷いた。

「『株の価値が上がったらそれを売って儲ける』っていう認識は間違ってないよ。一方で、『株の現物を持っているわけではないけど、証券会社から株を借りて売る』こともできるんだ。例えばそうだね、Ａ社の株価が１００円のときに証券会社から株式を借りて売却すると１００円を受け取ることができる。その後、何らかの理由で株価が５０円に下がった場合、株式を買い戻し、その差額である５０円を利益として得ることができるわけだ。こういう取引を『空売り』って言うんだよ」

「借りて、売る？　そんなことできるの？」

「できる。裏技でもなんでもなくて、ごく普通の取引だよ。けど空売りは損切のタイミングをしくじると損失が巨額になるリスクがある。例えばさっきの例で、１００円の価値だった株式が下落せずに逆に高騰した場合……仮に１００万円の価値に上がった場合、買い戻すのにそれだけの金額が必要ということだから、トータルで９９万９９００円の損になる。現物取引だと最大でも買った分しか損にならない一方で、空売りの最大損失は青天井。『買いは家まで売りは命まで』。投資界隈にはそんな格言がある」

妻は理解しきれなかったのか、喉元に魚の骨が刺さったときのような、すっきりしない顔をしている。慣れてしまえばそんなに難しい話ではないのだが、理解するのに多少時間が必要かもしれない。

「誓って言うけど、俺はインサイダー取引はしてないよ。情報を流してもいない」

◇

神奈川の橋本駅南口でバスから降りた。

まだ五月なのに夏のような日差しが皮膚に突き刺さる。まぶしくてぼくは思わず顔をしかめた。

ほうとうを食べ損ねてお腹が減っていたので、駅の中にあった蕎麦屋に入った。空いていたカウンター席に座る。背負っていたリュックとサッカーボールを床に置き、メニュー表を眺めた。

お店のおばさんがお水とおしぼりを持って来たタイミングで、きつね蕎麦を注文した。じろじろ見られているようだったが無視した。今日は休日だし、小学生が一人で出歩いていてもおかしくない。特に警戒する必要もないだろう。

数分後、温かいきつね蕎麦が目の前に置かれた。割り箸を割り、スープを吸って重たくなった麺を持ち上げる。

蕎麦をすすりながら、これから先のことを考えた。

我ながら頭の悪いことをしたと思っているが、脱獄後の生活に期待をかけていただけに落胆がすさまじいというだけで、それほど焦ってはいなかった。ニュースを見たところ警察は施設の出火原因をつきとめられていないようだし、仮に捕まったとしても、ぼくが放火の罪に問われることはないだろう。むしろぼくをいじめていた上級生の喫煙が疑われて処罰される可能性の方が高い。施設も焼けてしまった以上、いじめっ子グループと離れることだって考えられる。

そんなことを考えながら食べ進めていると、あっという間にどんぶりの中の蕎麦がなくなった。長居する理由もないので早々に席を立ち、レジの前へ移動する。財布の中からお金を出しているときに店員がぼくに言った。

「きみ、一人で来たの？　お父さんとお母さんは？」

よく見たら先ほどぼくをじろじろ見ていたおばさんだった。

「いない。ぼく一人。一人旅ってやつだよ」

「す、すごいねぇ。まだ子供なのに」

「十年近くも生きていたら、それくらいできるようになるだろ。何がすごいんだよ」

おばさんは見たこともない生き物に遭遇したときみたいに目を瞬かせるだけで、何も言葉を返さなかった。

蕎麦屋から出ると、あてもなく歩いた。

公彦おじさんの下から離れてしまった以上、どうせ最終的には施設に戻ることになるのだろうが、急いで帰ってもいいことなんてありゃしない。ちなみに所持金は、公彦おじさんから事前にもらっていたお金と、施設の上級生の財布から盗んだお金をあわせて大体三万円くらい。バスの運賃で結構持っていかれたけど、数日は飢えることはないだろう。これを使い果たすまで、あるいは通報されて捕まるまで好きなようにふらふらするつもりだった。

適当にふらついていると、バスケットコートくらいの広さの広場が見えてきた。入口から中に入り、広場のベンチに座って目を閉じる。そしてぼくは脳内で記憶していた数学の本を広げ、考えを巡らせた。

今ぼくが最も関心をよせているのは代数学、群論だ。

何百年も前の昔の人がそうしたように、最初は遊び半分で高次方程式の解の公式を見つけようとしていただけだった。五次方程式の解の公式がどうしても見つけられなくて困っていたときに、この学問を学ぶと良いと公彦おじさんに教わった。

　ぼくが思い付きで始めて勝手に行き詰まっていたその問題は、数百年という長い年月と天才たちの発想によって既に解決されていた。答えにたどり着くためのユニークなアプローチに魅了され、ぼくは図書館に置いてある群論や代数学の本を片っ端から読み進めた。それぞれの本に書いてあった内容はだいたい記憶しているけれど、理解が及んでいないところがいくつかあった。

「対称性」という抽象的な性質から導き出される定理を思い返し、ときたま頭の中で具体的な数字や図形を描きながら、その定理の正しさと美しさを確かめる。復習に飽きると、ぼくは持っていたサッカーボールを足元に置き、リュックの中からノートを取り出してそれを太ももの上に広げた。そしてそこにつらつらと思ったことを書きながら何か新しい法則がないかを考えた。

　一度夢中になったぼくの思考は止まることはなく無限に続くものと思われたが、遠くの方から聞こえてきた男の子の悲鳴によってそれは中断された。声がした方角に顔を向ける。広場の端の方で、ぼくと同じ年齢くらいの男の子が三人の男たちに囲まれていた。三人の男たちはその男の子に比べて身体が一回り大きい。小学校高学年か、あるいは中学生かもしれない。

　仲良く遊んでいるようには見えない。力の強い多数が弱者一人を一方的に痛めつけているのはもはや疑いようもなかった。ぼくは苛立った。思考を邪魔されたこともその理由の一つではあるけれど、強い者に耐えることしかできない弱い人間がこんなにも惨めに見えるのかと絶望に似た感情を覚えたからだった。

ぼくはノートを閉じてリュックの中に入れ、その代わりに自作のクロスボウを取り出した。

去年の夏休みに、公彦おじさんに手伝ってもらいながら作製したものだ。いじめてくる上級生への対抗手段として作ったのだけど、結局一度も人に向けて撃ったことはない。

ぼくはクリアケースの中に保管していた矢を取り出してセットし、グリップを強く握った。矢のおしりに強く張った弦が掛かっている。引き金を引いたら弦の張力によって矢が押し出される仕組みだ。

ぼくは立ち上がり、ゆっくりと彼らに近づいた。射撃の練習をしているわけでもないし、そもそも矢の到達位置の精度がいまいちだから、確実に当てるなら少なくとも五メートルは近づかなければならない。

「おい、そいつから離れろ」

ぼくはできるだけ声を低くしてそう言い、クロスボウを構えた。

「なんだ、お前」

男たちが振り返る。思ったより身長が高い。

どいつもこいつもアニメに出てきそうなわかりやすい不良で、金色やら茶色やらに染めた髪を逆立たせ、ピアスやネックレスをじゃらじゃらと身に着けていた。それがユニフォームだとでも言うように、だぼだぼしたズボンに派手な柄が入ったジャケットという服装でほとんど統一されており、群れという言葉がぴったりの集団に思われた。

一方、被害者の男の子は身体が細くていかにも気弱そうだった。ほっそりとした顔面は恐怖心に染まっている。ロードレーサーが被るようなかっこいいヘルメットとサイクリング用のグローブを装着しており、高そうな自転車が彼の脇に停められていた。財布を握っているところを見るとカツアゲされていたのだろう。

「お前たち恥ずかしくないのか。弱い人間をいじめて金を巻き上げるだなんて、最低の人間がすることだ」

武器を持って気が大きくなっていたからか、どうせ二度と顔を合わせることもないだろうと思ったからか、あるいは自分よりも弱そうな人間を見て相対的に強くなった気になったからか、理由はわからなかったが不思議と恐怖心はなかった。

「言っておくがこれはオモチャじゃない。本物だ」

一番手前にいた男が、怖い顔をしながらガニ股で近づいてくる。

「気持ち悪いやつだな、失せろ」

その瞬間、ぼくは引き金を引いた。

「痛っ」

何となく腰より上を狙うのは気が引けて、先端を下に向けたために矢は男の右の太ももに深く刺さった。突き刺さった部位を中心にじんわりと血の色がズボンに広がっていく。男は、射出を終えて攻撃力を失ったクロスボウをがっちりとつかみ、それを奪い取って地面に叩きつけた。今にも殴りかかってきそうな勢いだったが、負傷した太ももが痛んだのか、彼は崩れ落ちるようにその場にしゃがみこんだ。

「お前ら、殺せ！」

男の号令でぼくは残りの二人の男たちに囲まれ、瞬く間に暴力に晒される。

「い、痛いっ……！　やめろっ」

亀のようにうずくまって攻撃を凌ぎ、全身に走る痛みと後悔の念に耐えた。

結局ぼくは何も変わっちゃいなかったんだ。弱いやつが息巻いたところで力の強いやつには勝てない。この世に生まれたときから決まっていたんだ。調子に乗って人助けなんてするんじゃなかった。大人の言うことにそのかされて施設から脱走なんてしなきゃ良かった。おとなしく日陰でうずくまっていれば良かった。そうすればそれ以上痛みや悲しみが広がることはなかったんだ。

きいん、と耳鳴りがする。感覚が麻痺したように、不思議と痛みを感じなくなってくる。

「弱い者いじめは感心しないなぁ」

意識が薄れていく中で、聞き覚えのある男の声が耳に入った。男たちの攻撃が止む。うずくまりながら声がした方を見ると、数メートル先で仁王立ちする喜一と目が合った。

太ももを射抜かれてしゃがみこんでいた男が立ち上がり、脚を引きずりながら喜一に近づいて威嚇する。

「手を出してみろよ。親と警察に言いつけてやる」

男がそう言った瞬間、彼の顔面に喜一の強烈な蹴りが炸裂した。体幹が一切ぶれないお手本のような回し蹴り。彼はごろごろと回転しながら漫画のように後方に吹っ飛んでいく。

「おう、呼んでみろや」

喜一は蹴り上げた脚を掲げたまま、フラミンゴのように片足でバランスを取りながらにやりと笑んだ。彼の身体から放たれる殺気がびりびりと伝わってきて、ぞわっと全身に鳥肌が立つ。

「そう言えば大人が子供に手を出せないと思ったか？　生憎、卑怯なやつは大人だろうが子供だろうが大嫌いでね。ぶっ殺してやるよ」

低く唸るような声でそう言うと、喜一はぼくを囲む残りの二人をぎろりと睨んだ。そして一歩ずつゆっくりと彼らに近づいていく。殺気は膨れ上がる一方で、誰かが止めに入らなければ本当にそのまま殺してしまうのではないかという気すらした。

彼らはまるで野生のヒグマにでも遭遇したかのように顔を青くさせ、一目散に逃げていく。負傷した男も脚を引きずりながら「待て、置いてくな」と情けない声を上げ、二人の後を追った。

視界から彼らがいなくなると、喜一は、ふう、と息をつき、わかりやすく肩をすくめた。

「ど、どうして場所がわかったんだよ」

ぼくは彼に向かって言った。

「ん？　そうだなぁ、そりゃあ、望の助けを求める声が聞こえたからさ」

殺人者のような獰猛なオーラは失せ、まるで水のようにつかみどころのない飄々とした態度に戻っている。数分前と今とで中身がまるっと入れ替わってしまったかのような変化の術だった。

「うそつくな。別に助けなんて求めてない」

ぼくは立ち上がると、汚れを払いながら周囲を見渡した。三人の男たちに怯えていたあの子の姿は自転車と共に消えていた。

「あの子は？」

「逃げていったよ」

「薄情だなあ」

「でもまあ、お前が守ったんだ。胸を張っていい」

喜一はぼくの頭に手を乗せると、がしがしと撫(な)でた。

「よく頑張ったじゃないか。弱い者を助けるために自分より強い人間に立ち向かうだなんて、大人でもそうはできないぞ。俺はそういうやつが大好きなんだ」

「見ていたのかよ……」

だったらもう少し早く助けに出てきてくれても良かったじゃないかと、少々不満ではあったけど、クロスボウを人に向けて撃って褒められるとは思っていなかったので、嬉(うれ)しさに似た感情も同時に湧いてくる。ぼくは少し照れた。

「壊れちまったな。直せそうか？」

喜一は地面に落ちていたクロスボウを拾い上げ、それをぼくに渡した。地面に叩きつけられたときに大きな衝撃を受けたのか、大きくひしゃげている。この壊れ方は修理するより作り直した方が早いだろう。

「いいよ別に。また作れば。というか、怒らないの？」

「何が？」

「勝手に逃げ出して」

「別にお前は悪くないだろ。悪いのは俺たちだ。居心地の悪い思いをさせちまって悪かったな」

悪かった？　大人からそんな言葉が発せられることが珍しかったのでぼくは心底驚いた。いや、まだ騙されてはいけない。「俺も悪かったけどお前もこういうところが悪かった」っていうパターンもあり得る。いやきっとそうだろう。きっと数秒後には何か反省を促すような言葉が出てくるに違いなかった。

「それに、こういうのは人に向けて撃ったらいけないって言うじゃんか……」

「なんだよ、怒られたいのか？」

「そういうわけじゃないけど」

「逆に何で人に向けて撃っちゃいけないんだ？」

「何でって……傷つけるから？」

「俺さあ、それ本質じゃないと思うんだよ。そんなこと言ったら警察だって拳銃を持ったらだめじゃんか。力を押さえつけることよりも力の制御の仕方を伝えることの方が大事だと思うんだよなあ。その点、お前の一連の行動に咎（とが）めるところなんてなかったと思うぜ。相手を本気で殺すつもりだったのなら話は変わってくるが」

ぼくは少し感動すら覚えて目を丸くした。

何でもかんでも頭ごなしに独自の教訓を押し付けてくるような大人たちとは、どうやら違うらしい。子供だからという理由で見下して従わせようとする理不尽な態度は微塵もない。一人の対等な人間として扱ってくれているような気がして、ぼくの胸はなんだか熱くなった。

「ほら、さっさと帰ろう。公彦おじさんが泣きそうな顔でお前の身を案じていたぜ」

「……本当に？」

「ああ。だから仲直りしろよ。大丈夫。今度公彦おじさんが血迷った行動に出たときは、俺が返り討ちにしてやるから。約束だ」

ぼくは、公彦おじさんにノートを投げつけられたときのことを思い返して心を痛めた。あのときの衝撃と心の傷は当分消えそうにはないけれど、何とか元の関係に戻りたいという気持ちもあった。あれは何かの間違いだったと信じたかった。

ぼくは頷いた。どんな顔をして公彦おじさんに会えばいいのかわからないけれど、仮に気まずくなっても喜一がうまく間を取り持ってくれるような気もした。

「ねえ、なんでぼくにそこまでしてくれるわけ？」

「あん？」

「なんか、大人にしては親切すぎる気がする」

「失礼なやつだな。大人にも良いやつがいるんだな、これが」

かくして、ぼくは喜一と共に公彦おじさんが待つ山梨へ帰ることに決めた。

「出発前に傷の手当てしよう」

「いいよ別に」

ぼくの拒絶は喜一の耳には届かなかったようで、彼はぼくを強引にベンチに座らせると、勝手にシャツの袖をめくって腕の状態を確かめてくる。二の腕が打撲で青くなっており、擦ったのか肘の部分から血が出ていた。喜一は、こいつは大変だ！　とっさっき他人の顔面に全力の回し蹴りをぶちかました人間とは思えないほどの慌てっぷりを見せ、いろいろ買ってくるからベンチで待っていろと言い残し、風のような速さでその場からいなくなった。

数分後にこれでもかという程の医薬品を抱えて戻ってきた喜一が「傷を全部見せろ」と真顔で迫ってくる。

「いいよ別に」

「ダメだ。ばい菌が入ったらどうする。服を脱げ」

喜一はそう言ってぼくが着ていたシャツを強引にめくり、身体のあちこちにできた傷の状態を確かめる。だが今しがたできた新しい傷よりも古傷の方が多いことに驚いたのだろう。ぼくの身体に刻まれた生々しい傷痕を見た彼は困惑の表情を浮かべた。

「お前、この傷どうした？　さっきできた傷じゃないだろ」

「見るなよ。生きていたら傷くらいできるだろ」

ぼくは舌打ちした。別に隠しているわけではなかったけれど、見られて気持ちがいいものじゃない。過去をあれこれ詮索されたり、知ったように同情されたりするのも面倒だった。

「すまん、見えたんだ」

ぼくの身体を見て喜一が何を想像したのかはわからないが、彼はそれ以上詮索してこなかった。ぼくは多少の気まずさを覚えつつも、黙って傷の手当てを受け入れた。新しくできた擦過傷に消毒液を塗って大きめの絆創膏を貼り、強打してうっ血しているところに湿布を貼った。

一通りの応急処置を終えると、喜一は「ゴミを捨ててくるから待ってろ」と言い、パッケージや剝離シートのゴミをかき集めてその場からいなくなる。待っている間に数学の問題の続きをしようと目を閉じたが、疲れていたのかそのまま一分も経たない間に眠ってしまった。

目が覚めたとき、ぼくは喜一が運転する車の中にいた。充分に舗装されていない悪路をがたがたと走っている。どうやら寝ている間に車内に運び込まれたらしい。

「どっか痛むか？」

喜一は前方に向けていた注意をそらさないままそう言った。

「大した痛みはない。それよか車の揺れの方が嫌だな。酔いそうだ」

ぼくがそう言うと、彼は安心したようにほほ笑んだ。そして、一週間前神奈川から山梨の道中でそうしたようにどうでもいい話を振っては必要以上にしゃべらせようとしてくる。まるで沈黙を憎んでいるとしか思えない。しゃべるのはそれなりに疲れるけれど、以前と違って不快感はそこまでなかったので、少し付き合ってやった。

「ところで望、お前は何のために施設を抜け出してきたんだ？」

「喜一は知らされてないわけ？」

「説明された気もするが、難しくてよくわからんかった」

「ふうん……喜一は何で公彦おじさんに協力してるの？　ぼくといっしょにいるだけで、誘拐罪とかになるんじゃないの？」

「実は公彦おじさんには借りがあってな。割と大きめの」

手段としてぼくの能力がどう活きるかは、公彦おじさんと図書館で勉強している中で理解したつもりではいる。けどその手段を何のために行使するのかは聞いていない。あの冷静な公彦おじさんがあそこまで取り乱すということは、もしかしたら相当深刻な問題を抱えているのかもしれない。

帰ったら公彦おじさんに聞いてみよう。そう思った。

◇

七月一日。小春から遺書に関する助言をもらい、独自に捜査を始めてから約一か月半が過ぎていた。

昼食としてコンビニで買ったおにぎりとゼリー飲料を胃に流しこんだあと、僕は科捜研物理係を訪れた。いつものようにカードリーダーに通行証をかざして門をくぐり、科捜研の敷地内に足を踏み入れる。階段で二階のフロアへ上がり、物理係事務室の扉の前に立った。ノックしてから扉を開ける。

事務室の一番奥の席に座る権田の冷たい視線を受け、僕は身を硬くした。座っているだけなのに不思議な威圧感を醸しており、怒っているのか、あるいはそれがデフォルトなのか判断がつかない。何かを言われたわけではないのに咎められたような気になってくる。

彼はしばらく僕を睨みつけたあと、

「北条」

と低く唸るような声で言った。

権田が発した言葉が向かった先――入口から一番近い席で北条が背中を丸めた姿勢

でスマホを操作している。権田の声が聞こえなかったのか呼びかけに応じない。

「北条！」

無反応がよほど気に入らなかったのか、権田は空間を切り裂くような怒号と共に、デスクの天板を右手の手の平でどんと叩く。さすがに耳に届いたのか北条がスマホから視線を外し、驚いたような表情で権田の方を見た。

「え、あ、すみません。イヤホンしていて気づかなくて。なんですか？」

北条がワイヤレスイヤホンを耳から外し、きょとんとした顔でそう尋ねる。

「客だ。対応しろ」

「あ、熊谷さん。すみません、集中するあまり……」

北条は手にしていたスマホをデスクの上に置いて席を立ち、こちらに近づいてくる。どうやらスマホでゲームをしていたようだ。時刻は十三時十分前。昼休憩の時間にお邪魔してしまったらしい。

「あ、すみません。休憩中に押しかけてしまって……。これ、買って来たので皆さんで食べてください」

僕は手に提げていた紙袋を北条に手渡した。

北条はぺこぺこと頭を小刻みに上下させながら紙袋を受け取り、持ち手を左右に引っ張るようにして中を確認する。紙袋の中には、実家の近所にある和菓子店で購入したカステラが入っていた。今回の捜査の成果は小春や陣内の助言の貢献度が大きいし、これから何かとお世話になる予感がしたので、念のために用意しておいた。こういったわかりやすい気遣いを示すということも時として必要なのがこの組織である。

「気を遣っていただいて、ありがとうございます。喜びますよ、きっと」

「あの、出直したほうがいいですか？　休憩中のようですし」

「小春さんですよね？　小春さん、決まった時間に休憩取らないので大丈夫だと思いますよ。そろそろ正規の休憩時間も終わりますしね。そちらの鑑定室にいらっしゃいます」

規則を重んじるこの組織において時間にルーズなのはある意味大丈夫ではない気がするのだが、警察職員のみならず警察官の時間管理もそれなりにザルなのであまり咎めることはできない。

北条が指さす方向、事務室の入口から入室して左手に、一枚の扉があった。扉は開け放たれており、隣接する部屋の一部が見えている。

「鑑定室に入られるのは初めてでしたっけ。鑑定室は主に画像解析や銃器刀剣類の鑑定作業などを実施する場所です。今は銃器関係で二件、画像関係で四件、鑑定・捜査支援依頼が来てますね」

そう言いながら、北条が僕を鑑定室へと誘導する。

「小春さん、お客さんですよ」

部屋の広さは十メートル×十メートルほど。中央にどかんと、表面が黒一色の大きな作業台が設置されていて、その上にばらばらに分解された錆だらけの拳銃と実包が置いてあった。

入口から入って左手の壁沿いには横に長いテーブルが設置されており、顕微鏡やら、用途不明のよくわからない機器がずらりと何かの展示会のように並んでいる。入口から一番遠い棚には専門書がぎっちりと収納されていた。

右手の壁と中央の作業台の間には三台のデスクトップパソコンとモニターが並んでいる。小春は入口から一番近いパソコンの前の椅子に、あぐらをかいて座っていた。黒色のボブカットは相変わらずぼさぼさで、アニメのキャラクターみたいな大きな瞳はどんよりと曇っていた。

「うわ、熊じゃん。なんか用？」

「山の中で本物のクマに遭遇したみたいな反応やめてくださいよ。成果報告です」

「成果報告？」

いろいろあってフォントの情報をもらったのはもう一か月半前の話である。日々の業務が忙しければ忘れかける頃合いだろう。僕はもう一度、行なった捜査の目的とその内容を簡潔に説明した。ある程度説明したところで記憶が発掘されたのか、彼女は大きな欠伸をしながら首肯する。

「ああ、はいはい、その件ね」

「学校と施設のパソコンは古く、オフィスのバージョンも2016より前のものでした。したがって望くんの遺書は学校や施設以外の場所で書かれた可能性が高いことになります。彼の生活圏でパソコンが使えそうな場所をしらみつぶしに調べたのですが、結論から言うと遺書が書かれたのは海老名市の図書館である可能性が高い。文書ファイルのデータや印刷の履歴は残っていませんでしたが、望くんらしき男の子が通っていたことを職員の方が憶えていました。……って、聞いてます？　小春さん」

「聞いてるよ。なあ、やっぱり『NAI-CHA』のタピオカ買ってきてくれよぉ」

「やっぱりって何ですか」

「さっき中華街に行ったんだけど、結構並んでたから諦めたんだよなぁ」

　僕は苦笑いを止められなかった。やたらと機嫌が悪そうだと思ってはいたが、糖分が足りていないからか。まるで危ない薬物を常習的に摂取している人のような異常な雰囲気すら感じる。

「タピオカではないですけど、さっき北条さんにカステラを渡しておきました。あとで食べてください」

「な、なんでそれを早く言わないんだよっ！」

僕がそう言うと、彼女は餌を差し出された犬みたいにぴょんと立ち上がり、事務室にすっ飛んでいった。しばらくすると事務室の方から「ほーじょー！　カステラどこー？」とはつらつとした声が聞こえてくる。

僕はその間に持参したＵＳＢメモリをパソコンのポートに挿入し、科捜研のパソコンにデータとビューアーソフトをコピーした。マウスを操作してソフトを開く。

カステラの箱を抱え、かつ満足そうな顔をした小春が戻ってきた。彼女はパソコンの前の椅子に座るなり、びりびりと乱暴に包装を破き、箱から出てきたカステラ一斤にそのままがぶりとかじりつく。僕はもう何も言わないでおいた。

「望くんはよく大人の男性と二人で図書館を訪れていたそうです。出入口の防犯カメラにも二人で入館する様子が映っていました。職員の方はお父さんだと思っていたそうですが、彼の父親は三年前に亡くなっています。そう……そこです。その二人」

ビューアーは図書館の出入口となっている自動ドアを、斜め上の角度から撮影した映像を表示していた。事前に手帳にメモしておいた時間を検索欄に入力すると、望くんと思われる人物と、大人の男性が二人で肩を並べて入館している様子が映し出された。

「マスクをしているせいで顔がわからんな。画質も荒い」

もぐもぐとカステラを口いっぱいに頬張りながら画面を見つめる小春。カステラを口にする前後での表情の変わりようはもはや二重人格と言っていい。

「小春さんの言う通り、望くん失踪の裏に何かありそうです。誘拐も考えられます」

「だがこの映像と職員の証言だけでは何とも言えんな」

「ええ。図書館の周囲にも防カメが少ないですし、映像からこの男を追うのはなかなか難しそうです。他にヒントとなりそうなのは彼の図書の貸し出し記録です。ほとんど数学に関するものでした。養護施設の職員によると、望くんは数学にめちゃくちゃ強かったみたいです。数学だけではなくて、しゃべり方や語彙力も小学生とは思えないほど卓越していたとか……頭の良い子みたいですね」

「数学に強いってどれくらい？」

　僕はクリアファイルの中から望くんが借りていた本の一覧表を取り出し、それを小春に渡した。小春はポケットからスマホを取り出してウェブブラウザを立ち上げると、大手通販サイトを開き、検索欄にタイトルを入力する。五、六冊、本の概要を調べ終えたところで小春が唸るように言った。

「これ、理解していたら相当やばいな」

「小春さんでも読解するのは難しいんですか？」

「少なくとも私の専門からは外れる。理解するのはたやすくはないだろうな。レベル感は大学数学以上。しかも分野が多岐に亘っている。高校数学をクリアし、かつさらに専門的に勉強したい数学好きのクレイジーなやつが読むような本だ。これを、大人の力を借りていた疑惑があるとはいえ小学生が借りて読んでいたとは信じがたい。本当に理解していたら化け物だ」

「そ、そんなにすごいんですか」

「理解していたらの話だがな」

小春にここまで言わせるということは、相当の才能の持ち主なのだろう。同時に納得もした。ずば抜けた才能を持っていたらそれだけで周囲からは相当異質に映るに違いない。そして人間という生き物は、人とは違う性質をもったマイノリティーをいじめの対象にすることが多々ある。

「図書館の職員の方の話によると、望くんはその男性と数学の本を読みながら、難しそうな数式をホワイトボードに書いて議論していたそうです。周囲の防カメから彼らを追うことも試みつつ、望くんと関わりを持った可能性のある人物の中に、数学に詳しい人間がいるか調査するのが次のアクションになるかと」

「なるほどな。それ、一人でやるとどれくらいかかるんだ？」

「そうですね……」

小春が遺書の違和感を指摘し、僕が内密に捜査を始めてから既に一か月半の時間が経っていた。防犯カメラの回収と聞き込みで忙しく過ごしているうちにいつの間にか七月が姿を現して、本格的にこの国に夏を呼び寄せようとしている時分である。

もう少しペースを上げたいのはやまやまだが、いじわるな上司の監視の目がある日中はほとんど何もできないのが現状だった。実際今小春に見せている捜査結果は、休日と、上司が帰宅した後のいわゆる残業時間で得たもので、労働基準法もびっくりのブラック労働である。

「小春さん、お客さんです」

頭の中でスケジュール感を見積もっていたその折に、北条が事務室から顔を覗かせて言った。

「あん？　なんだっけ？」

小春が渋い顔をして言葉を返すのと同時に、若い男が鑑定室の中に入ってきた。

小春ほどではないものの背が低く、とてつもなく細い。身に着けているシャツとスラックスはぶかぶかで、どことなく貧相に見えた。狐のように細い目。こけた頰。見るからに幸は薄そうで、かつ警察官のイメージからほど遠い外見ではあるが、その顔には見るものを安心させるような慇懃な笑顔が貼りついている。年齢はおそらく僕や小春とそう変わらない。

「ひどいっすよ小春さん、今朝、電話入れたじゃないっすか」

口調から察するにある程度知った仲なのだろう。彼は菓子折りと思われる箱を手にしている。現金な小春は「そうだったそうだった。忘れるわけなかろう」と顔を明るくさせ、すぐさま箱をひったくると子供のようにびりびりとその包装紙を破いた。いつの間にか彼女の手からカステラは消えている。

「おっ、光福堂（こうふくどう）の大福！　わかってるぅ」

「小春さん……ついさっきカステラ食べたばっかりじゃないですか」

そう窘（たしな）める僕の声は小春の耳に届かなかったようで、彼女は早速大福に手を伸ばした。決して少なくない量のカステラがぱんぱんに詰まっているはずのその胃袋に大福が入る隙間があるとも思えないのだが、彼女は幸福そうな顔を崩さずに柔らかそうな大福に歯を立てた。

「画像解析ですよね？　熊谷さんの件が終わっていないのなら、神崎（かんざき）さんの案件は僕が担当しましょうか？」

気を利かせた北条がそう言うが、小春はもぐもぐしながらかぶりを振った。

「らいひょうふいは」

「飲み込んでからにしてください。何を言っているのかわかりません」

すかさず僕がそのように突っ込むと、彼女はしばらく黙って咀嚼（そしゃく）に専念した。言動から察するに、特殊の上司と違ってきっと有能で熱意もあるんだろうが、彼女が上司だと毎日疲れそうだなとも思う。

「……っ。大丈夫、今終わったところだ。おい熊、何かわかったら連絡よこせ。身体が壊れない程度に無茶しろ」

「ええ。そのつもりです」

　何やら視線を感じ、隣に顔を向けると神崎と呼ばれた男と目が合った。彼はただでさえ細い目をさらにぎゅっと細くして僕にほほ笑みかけてくる。

「特殊の熊谷です」

「やや、これはお邪魔してしまいました。相模原北署刑事一課の神崎です」

　神奈川の警察官は全部で一万五千人を超える。年は近そうだが、会うのも名前を聞くのも初めてだった。

「あの、映像を持ち込まれたんですよね？　僕も見ていいですか？」

「え？　ええ、構いませんよ」

　署の刑事一課がどんな事件を抱えているのかを知りたい……というわけではなく単純に特殊の仕事場に戻りたくないだけだが、彼は特に訝る様子もなく頷いた。

「どんな事件？」

　小春が尋ねると、神崎は手荷物の中からクリアファイルを取り出して渡した。ファイルを受け取った彼女は大福の粉まみれの指で依頼書を抜き取り、眠そうな目を瞬かせながらそれを眺めた。

「橋本駅付近の公園で起きた傷害事件です。地元の中学生の三人組の一人が、たまたま居合わせた小学生にクロスボウで撃たれて太ももを怪我したんですって」

「……ん？　発生から結構時間が経っているな」

僕は小春の背後から依頼書を盗み見た。

事件発生日は五月十四日（土）になっている。今日は七月一日。つまり一か月半以上の時間が経っていることになる。

「それがですね、被害者の中学生が撃たれる前にカツアゲをしていたみたいで、それが親や警察にばれると思って何も話さなかったみたいなんですね。歩けなくなるほどの大怪我というわけではなかったんですが、矢が突き刺さった息子の太ももを見て大騒ぎした彼のご両親が、息子の仲間たちに迫って吐かせたそうです。吐かせるのに時間が掛かったようですね」

「カツアゲした相手に、クロスボウで返り討ちにされたってこと？」

「いえ、カツアゲ現場を目撃した少年が、彼らの行為を止めるために撃ったそうです。あ、これが今回の証拠品です」

神崎はチャック付きのビニール袋を取り出して、それを小春に手渡した。中には証拠品であるUSBメモリが入っている。小春は受け取ったUSBをデスクトップパソコンのポートに挿入して、中に入っていたファイルをコピーした。モニターにプログレスバーが出てきて、コピーの進行と共に左からじわじわと緑色が埋まっていく。

「登場人物が多くて複雑だな。なんつーか、それだけ聞くと自業自得な気もするけどな」

小春はコピーが完了したファイルをダブルクリックして、動画を開いた。

それなりに高い位置から、車庫のような場所を捉えた映像のようだった。車庫の外に一本の車道が通っていて、画面を上下に分断している。道路のさらに奥に背の低い柵が映っていた。柵の向こう側には青々とした芝生（しばふ）が広がっており、くだんの公園の一部を映しているものと思われた。

「公園に隣接する、とある民家から提供していただきました。えっと、時刻は十六時五十二分……」

神崎は懐からメモ帳を出し、おそらく動画を精査したときにメモしたと思われる時刻を早口に伝えた。

神崎の指示通りに検索欄に時間を入力すると、画角は変わらないまま太陽が移動した関係で影の形のみが変わった。公園の中、柵のすぐ近くに中学生らしき男の子の三人組とヘルメットを被った子供が映っており、その集団から離れた位置に小さな子供が映っていた。手に何か持っている。おそらくこれが今話題に上がっているクロスボウだろう。

中学生の一人がその少年に近づいていく。威嚇しているようにも見えなくもない。しばらくすると少年に近づいた中学生が地面にうずくまり、それをきっかけに残りの二人が少年に駆け寄って暴行を働いた。ヘルメットを被った少年は、自分への注意が外れたその瞬間に自転車に乗って一目散に逃げていく。

「これです。このときに撃たれたそうです」

「カメラから遠くてわかりづらいなぁ……」

小春の言う通り、画質はお世辞にもいいとは言えず、わかるのは上背や体格くらいで表情まではさすがにわからない。仮に顔見知りでも、映っている人物の名前を言い当てることはできないだろう。

少年への暴力が一、二分続いたところで画面の奥から長身の男が現れた。

それまでうずくまっていた中学生が立ち上がり、突如として現れた男の前に立ちはだかる。何やら言い合っているようにも見えたが、次の瞬間、男が相手の中学生を蹴り飛ばした。中学生は漫画のように吹っ飛んでいく。

「こいつは？」

「おそらく少年を助けに来た大人の男性です。中学生たちは、親子か兄弟かもって言ってましたね」

「で、私にどうしろって？」

「画像を鮮明にして、クロスボウの少年と、中学生を蹴り飛ばした男の顔の特徴がわかるようにしてください。鮮明化画像を使って聞き込みをしたいんです」

「現状、手持ちにあるツールと技術では無理だ。ドラマで見るようなオーバーテクノロジーは実際の科捜研には存在しない。諦めろ。映っていないものを映っているように見せるのは捏造だ。逆立ちしても0を1にすることはできん」

「そ、そんなぁ……」

「動画像っていうのは、連続して変化する複数の静止画をパラパラ漫画の要領で高速に切り替えている。鮮明化技術は、単一の静止画では不足している情報を複数の静止画からかき集め、それぞれを繋ぎ合わせる作業と言い換えることもできる。だから鮮明化結果は元の画像の解像度に大きく依存するんだ。元が悪けりゃ何をどうこねくり回しても無理。それに今の私たちは人物に対して『複数の静止画の情報を繋ぎ合わせる』技術を持ってない。そのあたりの解析手法については北条が検討してはいるんだがな……残念ながら間に合ってない」

「あの、もう一つファイルがあるので、一応見てもらえませんか？　そっちの方がカメラから近いです」

小春はコピーしたフォルダの中からもう一つの映像ファイルを選択して開いた。

もう一つの動画は砂利の敷かれた庭のような場所を映したものらしい。先ほどの車庫の映像と同様に画面の上部には車道が、そのさらに奥には公園の出入口が映っていた。

「これは、公園の出入口の近くにある喫茶店から提供していただいたものです。えっと、時間は十六時……」

神崎は再度メモ帳を確認し、時刻を伝えた。小春がその時間を検索欄に入力すると、長身の男性が子供一人と荷物を抱えた状態で公園の中から外へ、つまり画面上部から手前へと出てくる映像が流れた。確かにこちらの方が比較的見やすいが、やはりこちらのカメラもそこまで解像度がいいわけではないので表情までは読み取れない。

「これです。おそらく駐車場の車に向かっています。ただ駐車場には防カメがなく、車種もわからなければナンバーもわからないんですよねぇ……」

「……ボールを持っていたな」

「ええ、柄からしてサッカーボールでしょうね」

「これ」

小春は時間を巻き戻し、男がカメラに一番近づいたところで停止ボタンを押した。そしてそのタクトのように細い人差し指でサッカーボールの一部を指し示す。

「これ。なんて書いてある？」

よく見るとボールの表面に文字らしきものが書かれていたが、解像度が悪く、細長い黒色の線が密集しているようにしか見えない。

「N、O、2……か？　いや、うーん。何が書いてあるんでしょう。アルファベットにも見えるし、数字にも見える。名前でしょうか。あっ、ひょっとして、この文字は鮮明化ができそうとか……？」

「何度も言うが、この解像度では、科捜研が持っている技術ではこれ以上画像が鮮明になることはない。だが鮮明化できないからといって必ずしも不鮮明画像から情報が読み取れないわけじゃない」

小春は腕を組み、形のいい眉を寄せた。

「ある画像から文字や物体を認識・判断する技術はここ数年で進化の足を止めていない。最近——といっても十年くらい前だが、深層学習(ディープラーニング)が使われ始めてからの画像認識率は飛躍的に伸び、しかもその精度は年々右肩上がりだ。ここ数年のわずかな間に人間の認識力すらも追い抜いている」

「……その、つまり？」

「このボールに書かれている文字の認識ならできるかもしれない。北条が作った既存のモデルを勝手に改造して精度向上させたプロトタイプがある。それを試しに使ってみよう」

途中から何を言っているのかわからなかったが、要するに鮮明化はできないが、ディープラーニングなるものを使えばそこに何が書いてあるかはわかるかもしれない、ということだろう。

僕と神崎が無言で見守る中、小春はまずサッカーボールの文字の部分を切り抜いて別の画像として保存した。その画像を別のフォルダに移動させ、同じフォルダ内に保存されていたプログラムを起動する。と、真っ黒の画面が現れ、白色の文字が高速で流れ始めた。

無音で流れ続ける計算過程のログはしばらく経つと止まり、彼女はその結果を見て作戦がうまくいったときの監督みたいににやりとした。くるりとこちらを振り返り、爛々と輝く双眸で僕を見た。

「おい熊。お前が持って来た防カメデータとこの結果を上に見せろ。そうすりゃ多分、特殊も動く」

「え？」

「おそらくこの二人は親子でも兄弟でもない。やっぱり、生きてたみたいだぜ」

小春はモニターを指さした。顔を近づけて、そこに示されている文字に目を向ける。

NOZOMU
TACHIBANA

モニターにはそう表示されていた。

◇

『もしまた呼び出されるようなことがあれば、レコーダーを持参して会話の録音をしてください』

弁護士の北島はニュースキャスターのように淡々と説明すると、ずれていた四角い眼鏡を右手で直した。パソコンのモニターにアップで映る彼は精悍と形容するにふさわしい顔つきを見せている。年齢はおそらく三十代後半くらいだろう。整ったシャープな眉が五分刈りのヘアスタイルによく似合っていた。一切の不正を見逃さないと言わんばかりの鋭い目つき。一見力強く粗暴な印象を抱かせる顔つきだが、その言葉の端々には口では言い表せない知性が宿っている。

ちなみに金融庁に押収されたパソコンはまだ返却されていないため、会社から支給されたパソコンを使用している。本来はプライベートで使うことは許されていないのだが、潔白を証明するための活動も業務の一環ということで勝手に問題なしとしている。

「はい」

『いくら委員会に捜査権が与えられているとはいえ、証拠がない以上取り調べに応じる必要はありません。相手は圧をかけてあなたから自白を取ろうとしているだけです。毅然とした態度で臨みましょう』

「わかりました。あの、娘の結婚式を台無しにしてやると脅されているのですが、……実際あり得る話なんでしょうか」

『台無しに、というのは？』

「娘夫婦の自宅に強引なガサ入れをしてプレッシャーをかけてくるのではと思っています」

『そういった嫌がらせはないとは言い切れないというのが回答です。ですが決定的な証拠がなければ大丈夫です。じきに捜査の手も緩むはずです』

初めて金融庁に呼び出された日から四日が経っていた。あれから毎日のように金融庁に呼び出されては、ひたすら「お前がやったんだろ」「やってない」という問答を繰り返すだけの無意味な時間を消費している。相手が相手なだけに下手に無視することもできず、無理に対応し続けた結果、神経は極限まですり減り本業の方に支障が出ていた。そこで知人のつてで弁護士の北島を紹介してもらい、今回の件について相談に乗ってもらっていた。

　なぜか私一人だけに免疫チェックポイント阻害薬の死亡事故に関する情報漏洩をした疑いがかかっているということ、その情報は甥に渡り、彼はその情報を元に株取引で莫大な利益を得たらしいということ、わかっているのはそれだけで、逆に言うとそれ以外の情報は今のところ得られていない。日数のわりに恐ろしいほど事態は進展していないと言って良い。甥に直接話を聞こうと連絡を取ってみたが繋がらず、また、自宅を直接訪ねてみたものの留守で会えなかった。早く状況を確認したいのだが、ここまで空振りが続くと、よもや意図的に距離を置いているのではという疑念すら生じてくる。

　私は北島との通話を切ると、引き出しの中からタバコケース程度のサイズの機械を取り出した。先日ネット通販サイトで購入した盗聴器発見器である。電源をオンにして周波数を調整する。席を立ち、発見器を前に掲げながら自室の中をうろうろと巡った。

　マウス、リモコンキー、電源タップ、……。盗聴器が仕掛けられていそうな場所に近づけて反応を見たが特に異常は見つからない。

「何やってるの、お父さん」

　机の下にもぐり、発見器をコンセントに近づけていたところで部屋の扉が開いた。

机から這い出て視線を上げると、怪訝(けげん)な表情の千里と目が合った。

千里は今婚約者と同棲(どうせい)中の身ではあるが、月に一回は気分転換もかねて実家に帰ってきていた。

「いや、何でもない」

私はとっさに発見器の電源を落とし、ポケットにそれを隠した。

「そろそろご飯だって」

「ああ。なあ、俺の会社のパソコンに触れていないよな」

「触れるわけがないでしょ。触れたとしてもパスワードとか知らないし」

「そうだよな」

「何？　壊れたの？」

「ま、まあそうだな、ちょっと調子が悪くてな」

私は千里と共に部屋を出て、リビングに向かった。食卓には既に妻が作ったカレーが用意されており、皿から放たれるスパイシーな香りが絶妙に食欲をそそってくる。キッチンに立つ妻の表情はどことなく暗い。得体の知れない組織から身に覚えのない罪を着させられ、ひいては娘の結婚式が人質に取られているのだから不安にもなるだろう。

鈍感な千里は母親の変化に気づいていないのか、あるいは気づいていてあえてそうしているのか、接し方はいつもと変わらない。

「千里。うちの会社の死亡事故の件、知ってるか？」

食卓に着き、食事を始めて数分したところで私は千里にそう尋ねた。

「ああ、免疫チェックポイント阻害薬のやつ？　ニュースでもやっていたから知ってるけど。それが何？」

「すまない、何でもない」

「変なの」

突飛な質問をしたせいで会話が途切れ、かちゃかちゃという皿と金属スプーンが触れる音だけが辺りに響く。

「ねぇ、そういえば、うちの固定電話はどこいっちゃったの？」

しばらくしてから、千里がスプーンを持つ手を止めてそう言った。

「ちょっと、買い替えようと思ってな。な？」

「そうね、そうなの」

塚島たちに取り上げられた固定電話は未だに返却されておらず、固定電話が載っていた台にはもはや埃(ほこり)しか残っていない。私が適当な言い訳を述べつつ同意を求めるように妻に視線を送ると、妻は首を縦に振ってそれに同調した。

「ふうん。まあ、今はスマホがあるし固定電話なんていらないよね」

千里はそうつぶやきながら、私たち夫婦の不審な言動を訝ることもなく食事を再開する。変に勘付かれる前に私は話題を変えた。

「結婚式の準備は順調なのか」

「ん？　まあ順調だよ」

「変なやつらに邪魔されてないか？」

「変なやつ？　ねぇ、さっきからどうしたの？」

「いや、何事もなければいいんだ。そうか、順調か。それは良かった。うん。いいか、変な人に絡まれたらすぐに言うんだぞ」

千里が怪訝な表情を浮かべて何か言いかけたその折に、ポケットに入れておいたスマホが振動した。

スマホはパソコンと同様、まだ金融庁から返却されていない。このスマホは代替機。いつスマホが戻ってくるかわからないため、数日前に中古で購入したのだ。バックアップしていた電話帳を同期して、電話番号を一時的に変更していることを登録していた連絡先すべてにショートメッセージで伝えている。

スプーンを置き、ポケットからスマホを出して液晶画面に映された通知を確認する。「公彦」と表示されているのを見て、私は口に含んでいたジャガイモを喉に詰まらせそうになった。

「すまない、少し外す。仕事の関係者だ」

私は席を立ち、自室へと急いだ。部屋の中に入るとスマホの通話ボタンをスワイプし、耳に当てる。

『もしもし、おじさん？』

ずっと連絡が取れていなかった甥の声がスピーカー越しに聞こえてきて、スマホを持つ手に自然と力が入る。

「公彦か？　良かった！　ずっと連絡が取れていなかったから心配していたんだ」

『最近慌ただしくてさ。時間取るから、今度会おうよ。聞きたいこと、あるでしょ？』

◇

山梨の隠れ家に到着したときには太陽はだいぶ西に傾いていて、辺りは薄暗くなっていた。

ふらふらした足取りで玄関に近づき、扉を開ける。玄関の段差に腰掛けて靴を脱ぎ、リビングに入ったところで、公彦おじさんがどたどたと足音を立てながら二階から下りてきた。

「すまなかった」

彼はぼくと向き合うなり、腰を折ってそう言った。

その言葉をどう受け止めたらいいのかわからずにしばらく口ごもっていると、視界の端から喜一が現れ、公彦おじさんの横っ面を蹴飛ばした。公彦おじさんはロケットみたいにすっ飛んで、テレビの液晶モニターに頭から突っ込み、そのままテレビやその付近に置かれていた小物類を道連れにするような形で倒れた。絶対に何かが壊れたようなものすごい音が鳴る。

「これでおあいこだな」

「待て、なぜおまえが出てくる」

蹴られた部位をさすりながら、公彦おじさんがよろよろと起き上がる。

「望は優しいから俺が代わりに蹴っ飛ばしてやったんだ。な、望」

「そうだね、これでちゃらにしよう」

喜一はぼくの顔を見てにっと歯を見せて笑った。ぼくもつられてにやりとした。激昂した公彦おじさんの顔と、ノートの背表紙をぶつけられたときの痛みはしばらく忘れそうにはないけれど、心の中のもやもやは少しだけ晴れたような気がした。

ぼくは公彦おじさんに言った。

「次同じことをしたら、絶対許さないからね」

それからぼくは、公彦おじさんと協力して倒れたテレビや小物を可能な限り復元することに専念した。テレビが壊れて何も反応しなくなったので、分解して中身を確認してみようかと相談していたところで、キッチンの方から香ばしい匂いが漂ってくる。喜一がチャーハンと卵スープを超特急で作ってくれたようだった。腹ペコだったぼくらは一度作業の手を止めて食卓に着き、三人で手を合わせた。どたばたした一日だったけれどぼくの心は穏やかだった。

食事を終えると公彦おじさんはそう切り出した。

「喜一からもらったスマホがあるだろ？　これから定期的にメールで問題を送る。それを解いてほしい」

「問題？　なんの？」

「見ればわかる。受信箱を確認して」

ぼくは促されるままにスマホの電源を入れ、メールの受信箱を開いた。相変わらず電波が悪いため、掃き出し窓の近くにわざわざ赴いて受信箱をアップデートする。

受信箱の中にメールが何通か届いていることを確認し、一番上のメールを開封した。件名や日本語での説明は一切なく、無味乾燥な数式がずらりと並んでいる。

「はいはい、離散対数問題ね。えっとさ、この問題を解く意味はずっと前に教えてもらったからわかる。でも公彦おじさんの最終的な目的は何なの？　何をするつもりなの？」

「命を救いたいんだ。大事な人の」

「問題を解いて、人の命が救えるの？」

「そうだ。実は用事があってもう行かないといけない。詳しくはまた話すよ。気になるようならあとでメールを送る。いいかい望、君が思っている以上にこの任務は重要だ。君の働きなくして成功はあり得ない。くれぐれも頼む」

公彦おじさんはぼくの眉間に真剣な眼差しを注ぎながらそう告げる。ぼくが神妙に頷くと彼は席を立ち、隠れ家から去っていった。


「なあ望、お前がやってることを教えてくれよ」

食卓の椅子に座ってしばらく問題に取り組んでいると、喜一が寄ってきてそんなことを言ってきた。少々面倒だが橋本駅の公園で助けてくれた恩もある。ぼくは少しだけ付き合ってやることにした。

「まあ、少しならいいよ」

「できるだけ優しく頼む」

「じゃあ、難しい話は全部省いて、可能な限り本質だけ説明するからね」

ぼくはノートを開き、シャーペンで次のような式を書いた。

$y = g^x \bmod p$

「問題の本質はこれかな」

「うげ、早速微塵もわからん。『mod』ってなに？」

「modはちゃんとした数学の記号だよ。『A mod B』はAをBで割ったときの余りの意味。例えば『10 mod 4』の答えは2になる。今、『y』と『g』と『p』の値はわかっていて、指数xの値を求めようとしてる」

「だめだ。わからん」

「まあ、ぴんと来ないよね。じゃあちょっと角度を変えるけど、2の4乗を13で割った数の余りって何になるかわかる？　式で書くとこんな感じ」

$2^4 \bmod 13 = ?$

「ええっと、たぶんそれは俺でもわかるぞ。2の4乗は……16で、それを13で割るわけだから、……余りは3だ」

「そうそう。合ってる。じゃあ、2のx乗を13で割ったときに余りが9になるような、xの値ってわかる？　式で書くと、こう」

$$2^x \bmod 13 = 9 \rightarrow x = ?$$

「ん？　急にややこしくなったな。ええっと……これは一個ずつ試していくしかないんじゃないか？　xが5のときは32割る13で、……えっと余りは6だから違う、とか」

「そう。これは普通の人はぱっと出てこないみたいだね。ちなみにこうなる」

ぼくはノートに次のような表を記入した。

$2^x$mod 13の結果

| x | 0 | 1 | 2 | 3 | 4 | 5 | 6 | 7 | 8 | 9 | 10 | 11 | 12 |
|---|---|---|---|---|---|---|---|---|---|---|---|---|---|
| $2^x$mod 13 | 1 | 2 | 4 | 8 | 3 | 6 | 12 | 11 | 9 | 5 | 10 | 7 | 1 |

「この表によると、余りが9になるときのxの値は8だね。ほら、xに対して『$2^x$mod 13』の値が不規則でしょ。『$2^x$mod 13』の求めるべき指数、つまり対数が不規則な飛び値になることから、『離散対数問題』って言われてる。今みたいに数が小さければ総当たりで答えを求められるけど、数が大きくなると高性能なコンピューターを使ったとしてもこの計算は難しいんだよ。でもぼくなら暗算で解ける。なんで解けるかは自分でもよくわからないんだけどさ」

「ふうん……で？　これを解くと、どんないいことがあるんだ？」

「それはね——」

それからというもの、毎日三回メールをチェックして、届いている問題をひたすら解くことがぼくの日課になった。問題の量は必ずしも一定ではなく、少ない日もあれば多い日もあった。最初こそ問題に興味を示していた喜一ではあったけれど、内容が理解できなかったのか、あるいは関心が薄れたのか、ある時から関わろうとしなくなった。

問題を解き終わったらあとは好きなように過ごした。テレビを見たり数学の問題を考えたり、喜一と料理をしたり。ここにはいちいち行動を制限してくる口うるさい施設の職員や頭の悪い教師はいないし、自分より弱い人間をいじめて楽しむ連中もいない。そのおかげで夜に悪夢を見る回数も格段に減った。

ぼくにとって穏やかな隠れ家での生活が一か月以上経ち、徐々に夏の気配を感じ始めていたころ。その日は良く晴れていて、真夏のように暑い日だった。いつものようにリビングのテーブルで問題を解きまくっていると、短パンにTシャツという小学生みたいな恰好の喜一が傍にやってきてぼくを遊びに誘った。

「釣りにいこーぜ」

「釣りぃ？　別にいいよ。外、暑いし。それにばれたらまずいし」

「マスクしてたら大丈夫だって。やったことあるか？」

「ないけど」

「じゃあ決まりだな」

「勝手に決めるなよ」

喜一は満面の笑みで「何事も経験しないとな」と言うと、ぼくの手を引いて二階へ上がった。寝室のクローゼットを開け放ち、衣装ケースの中から引っ張り出した迷彩柄のパンツとベストをぼくに差し出して、着替えろと命じてくる。言われた通りに着替えると、彼はぼくの頭の上に赤色のキャップを強引に被せた。いつの間にか喜一も、ぼくとお揃いの迷彩柄のパンツとベストに着替えていた。

喜一はクローゼットの中にしまってあった、おそらく釣り竿が入っていると思われる細長いケースを担ぎ、クーラーボックスに似たごついケースを手に持った。彼はぼくを連れて一階に下り、そのまま外に出て、それらの道具を車の後部座席に積んだ。

「これ、誰の服？」

助手席に乗ってシートベルトを締めながら、ぼくは尋ねた。

「俺の息子の服」

「えっ子供いたの？」

「まあな」

ハンドルを握る喜一の左手の薬指には、銀色に輝く指輪がつけられている。けど喜一に初めて会った日から今に至るまで、ぼくは彼の家族を一度も見ていない。喜一の表情は穏やかで特に不機嫌そうなオーラは出ていないが、やぶ蛇かなと思ってぼくはそれ以上の質問は控えた。

かくして、やや強引に喜一に連れられるような形でぼくは魚を釣りに行くことになった。がたんがたんと揺られながら山道を進むこと約四十分、到着したのは渓流マス釣り場である。

ぼくは車を降りて、凝り固まった身体をほぐすように伸びをした。背の高い青々とした山に囲まれていて、とにかく空気が澄んでいる。頭上でぎらつく太陽が、足元を覆う白いごろごろした砂利石に容赦なく光線を注いでいる。

ぼくらはまず街の交番みたいな佇まいの小屋に向かった。小屋の中はカウンターがあるだけのそれこそ交番のような造りになっていて、三十代くらいの太ったおばさんがカウンターの向こうで煙草を吸っていた。彼女は小屋に入って来たぼくをちらりと見ると、にっと笑んだ。

「息子さんかい？」

「そうです。俺に似ずに賢いんですよ。きっと妻の血を色濃く継いだんでしょうね」

喜一が料金を払うと、おばさんは引き出しの中から細長い緑色の帯状の紙を取り出した。それを受け取った喜一はぼくの前で屈み、ぼくの右手首にくるりと巻いた。

「釣りってお金がかかるんだね」

「ここは人工的に整備された川に魚を放流している釣り場だからな。初心者はこういうところがいいんだよ」

ぼくらは小屋を出ると、後部座席に積んでいた荷物を抱え、川へ足を運んだ。川幅は約十メートル。人工的に整備された川、というだけあって川べりは定規で線を引いたみたいにまっすぐだ。水面の透明感は抜群で、ニジマスたちが穏やかな水の流れの中で気持ちよさそうに泳いでいるのが目視で確認できた。

思ったよりも人が多い。両サイドの川べりにほぼ等間隔に人が並び、みなニジマスたちを狙って釣り糸を川面（かわも）に放っている。ぼくは今一度キャップを深く被り直した。

それからスマホを取り出して、カメラアプリのインカメ機能できちんと顔をマスクで隠せているかを念のため確認する。

「よし、早速始めるか。ほれ、これ使え」

喜一から渡された釣り竿は、思ったよりもずっと細くて軽い。ぼくはそれから釣り糸にルアーをつける方法と、それをどのように川へ放るのかを習った。そして教わった通りに川にルアーを投げ、食いつかなければすぐにリールでぐるぐると糸を巻いてルアーを手元に戻すという作業をひたすらに繰り返した。釣り糸を垂らしてのんびり獲物を待つという当初抱いていた釣りのイメージとはずいぶん違ったけれど、少なくとも退屈はしなかった。

何度か放っていると魚がルアーに食いついた。ぼくは可能な限りスピーディにリールを巻いた。

「釣れた！　釣れた！」

「でかしたっ。よしっ、写真撮ろう」

足元まで引き寄せたニジマスを喜一が網ですくう。網の中でぴちぴちと跳ねるニジマスは想像の何倍も大きかった。お腹の方はざらついた銀色で、背中の方はくすんだ緑色の斑点で覆われている。ニジマスというだけあって虹色なのかと思いきや、そうでもないらしい。

捕まえたニジマスはリリースし、釣り上げたときの達成感をもう一度味わうためにぼくは川面に向かって竿を振った。数学以外でここまで没頭したのはもしかしたら初めてかもしれない。一時間くらいぶっ続けでルアーを投げては引いてを繰り返したが結局釣り上げたのは三匹だけだった。

すっかり腕が疲れてしまったので、ぼくらは木陰に座ってしばらく休むことにした。

「ねぇ、喜一。公彦おじさんが何をしようとしているか、知ってる？　大事な人の命を救いたいって言っていたけど、どういう意味なんだろう」

ぼくは喜一にそう尋ねた。

「たぶん、大事な人っていうのは公彦おじさんの娘さんのことだろうな。ちょっと前に聞いたんだが、結構珍しい病気に罹(かか)っちまったらしい」

「病気？　ぼくが協力したら病気が治るの？」

「それは俺にもわからん」

「なんでわからないのに協力してるの？　ぼくだったら、いくら仲が良くても内容がわからなければ協力なんてしない」

「ん？　そうだなぁ……実は俺、若いときは結構やんちゃしてたんだ」

「実はっていうか、まあ真面目には見えないよね」

そう言って喜一の横顔を盗み見る。彼は遠くの方を見つめ、どこか自虐的な笑みを浮かべながら続けた。

「とにかく理由もなく強くなりたかったから、強そうなやつにケンカ吹っ掛けては暴れ回ってたな。そんなことばかりしていたもんだから、あるとき俺に恨みを持ってる人間に仕返しされたんだ。いろんな人に迷惑をかけた報いだろうな。しかもちょうど同じころに仲間と思っていた人間からも裏切られてさ。身も心もぼろぼろだった。そんなどうしようもない状態の俺に手を差し伸べてくれたのが公彦おじさんと、おじさんの家族だ。俺が立ち直るまでずっと支えてくれたんだよ」

「……ふうん」

話があまり具体的ではなかったので、ぼくは曖昧な返事をすることしかできなかった。もっとも喜一の身体に彫られている刺青や、橋本駅近くの公園で中学生を威嚇したときの表情を思えば何となく腑（ふ）に落ちる話ではある。

「そういやさ、望は公彦おじさんとどういう関係なんだ？」

「聞いてないの？」

「うん」

喜一は当然だとでも言うように頷いた。どうやら本当に何も聞いていないらしい。

「公彦おじさんは、お父さんの研究室の学生だったんだ」

「お父さんの研究室？　お前のお父さん、研究者だったの？」

「うん。大学の先生だったよ。三年前に病気で死んじゃったけどね。公彦おじさんとはお父さんの退官祝いの場で初めて会った。お父さんが死んだあともずっと気にかけてくれてる」

「そうか、お前もいろいろ大変な人生だなぁ」

　ぼくはそこで雲一つない、ペイントソフトの塗りつぶし機能で青一色にしたような空を仰ぎつつ、少しだけ過去を振り返った。確かに平穏とは言い難い道のりだった。物心ついたときには既に母は他界しており、尊敬していた父も三年前に死んだ。集団になじむことができずに学校や施設では常にいじめの標的にされた。なぜ悪いことをしているわけでもないのに自分ばかりがこんな日に遭うのだろうと思う毎日だった。

「あのさ」

　ぼくはつぶやくように言った。

「ぼく、いじめられてたんだ。学校とか、施設とかで。この前、身体の傷とか見たでしょ。あれもそう。それが死ぬほど辛くてさ。だから公彦おじさんと取引したんだ。公彦おじさんがある日ぼくに力を貸してほしいって施設を訪ねてきたときに、力を貸す代わりにここから連れ出してくれって」

　気づいたらぽろぽろと話していた。別に隠していたわけじゃないけれど積極的に話したい内容でもないはずだった。なぜ急に打ち明ける気になったのか自分にもわからない。でも話したかった。なぜかそう思った。

　重たくて暗いこの話を喜一がどう受け止めてどう消化するか、予想ができていたわけではなかった。彼はただ神妙な面持ちで耳を傾けている。

　それからしばらく経ったあと彼はぼくの頭の上に手を置いて、がしがしと撫でた。

「よく話してくれたな。きっと大変だったろう。でももう大丈夫だ。これからは俺と公彦おじさんがお前を守ってやる。もう二度と、そんな腐った環境には戻らなくていい。好きなものを食べて好きなことを学んで、明日に希望を抱いて生きよう。そんでたまに一緒に釣りをしよう」

　喜一はそう言ってにっと笑った。

　なぜか少しだけ目頭が熱くなる。ぐっと堪えたが涙腺の制御は利かず、目じりから一つ二つと涙の粒が零れた。そのうちぼろぼろと際限なく涙が溢れ出し、喉から嗚咽が漏れてくる。ぼくは声を押し殺して泣いた。その泣き声は山梨の広々とした空間に霧散して、風に吹き飛ばされていく。神奈川にいたころに四六時中抱いていた不安は気づけばどこにもおらず、穏やかで温かな感情が胸に浸透していくのがわかった。ぼくは目をこすって何となく天を仰いだ。透き通るような青さが目に染みた。

◇

小春の言った通り、今回の件を上司の耳に入れると、正式に相模原北署から本部の特殊班に捜査応援の要請が出された。相模川での遺体捜索は打ち切られ、捜査はクロスボウを用いた傷害罪という名目で相模原北警察署刑事課及び本部特殊班に引き継がれる形となった。

立花望くんが自殺を装ってまで施設から姿を消した目的は不明のままではあるものの、まずは橋本駅周辺、また市立図書館周囲の防犯カメラの映像データから、現在行方不明の立花望くんに関わっていると思われる男を追うことが当面の捜査の方向性となった。

気づけば、児童養護施設「ポンプラム」の火災から約三か月が経っていた。

捜査員がかき集めてきた膨大な量の防犯カメラの映像データを一つ一つ精査する作業は予想以上に時間を食い、帰宅が終電ギリギリとなる日々が続いていた。本日、八月九日。時刻は既に二十一時を過ぎている。

ここ最近、家のことはずっと母に任せっきりになっていた。梢のことも心配だし、家族のことを考えるとできるだけ早く帰りたいのだが、この重要な局面で捜査の手を緩めるわけにもいかない。

「お前、最近頑張りすぎじゃないか」

背後から声をかけられ、僕は、穴が開くほどモニターを睨みつけていたせいでかさかさになった目を後ろに向けた。

「目、真っ赤だぞ」

「嘉山先輩。お疲れ様です」

かくいう嘉山先輩もその優秀さゆえにいくつも事件を抱えて激務のはずだが、僕とは違ってその表情に疲れは見えない。だがあご髭がいつもより伸びており、長時間顔を洗う暇すら与えられていないことが窺（うかが）えた。

「なんか見つかった？」

「一つそれらしいのを見つけたんですが、解像度が悪くて……」

橋本駅近辺のコンビニの駐車場から回収した防犯カメラの映像データを、嘉山先輩に見せた。駐車場に停まったわけではないのだが、駐車場から見える道路に一瞬だけ被疑者の車両らしきものが映っていたのだ。あわよくばナンバーが映っているかもと期待したが解像度が悪く、残念ながら判読までに至らない。

「確かに読めんなぁ」

「ダメ元で小春さんに鮮明化を依頼しようかなと思ってます。この前、鮮明化技術に過度な期待をするなって言われたんですけどね……」

「今日は遅いからまたにしな。職員はもう退勤しているだろうし。お前も少しは休めよ。今日のところは俺も帰る」

「はい、お疲れ様です。もう少しだけやってから帰ります」

僕がそう言うと嘉山先輩は呆れたような表情を浮かべたが、結局何も言わずに特殊の事務室から出て行った。

人の気配が失せたその空間で、僕は両手を天井に突き上げて伸びをする。疲労がほどほどに身体を蝕んでいるが、気を遣う対象がいないといくらか心は楽だった。

僕は今一度モニターを睨んだ。この映像データから仮に車両ナンバーの詳細な情報が得られたら、この地獄のような精査の作業から抜け出せる。可能性が少しでもあるのなら掛け合うべきだろう。嘉山先輩の言う通りさすがにもう帰宅しているだろうが、僕はデスクに設置されている警電の受話器を取り、ダメ元で科捜研の物理係の内線番号にかけた。

『こちら科捜研物理係。要件があるならさっさと言え』

三コール目で繋がり、小春の不機嫌そうな声が受話器越しに聞こえてくる。僕は思わず苦笑した。誰に対してもこんなに偉そうなんだとしたら、彼女を疎ましく思う人間が多くいるのも頷ける。

「特殊の熊谷です」

『なんだ熊か。なに？　なんか用？』

「あのですね、例のクロスボウ傷害事件絡みで防犯カメラの映像データを精査していたのですが――」

『十分以内に持ってこい』

ぶつ、と切れる。

まだ何も言ってないのに。そして本部から科捜研までどう頑張っても十分ではたどり着くことはできない。

僕は問題のデータが保存されているＵＳＢメモリを持って席を立った。さすがに夜も遅い。そのまま帰宅するために荷物をまとめて部屋を出る。

十分、と言われているせいか少し早足になる。捜査に没頭していたせいで時間感覚が狂っているが、いつの間にか暦は八月に突入しており、灼熱（しゃくねつ）の太陽が日本列島を順調に熱していた。日が出ていない今の時間でもかなり暑く、額と襟首にじんわりと汗が滲むのがわかる。

科学捜査研究所の前に立ち、僕は息を整えた。明かりはついていない。通行証をカードリーダーにかざして門をくぐり、眠ってしまったかのように暗くて静かな建物の中に身を入れた。暗闇の階段を上がる。二階の廊下に差し掛かったところで、物理係の事務室から光が漏れているのが見えた。

軽くノックしてから扉を開けて中に入り、事務室を素通りして鑑定室に足を踏み入れる。パソコンのモニターの前に座っていた小春と目が合った。彼女はなぜか、左胸に校章のようなマークが入った真っ白のシャツにグリーンの短パンという、まごうことなき体操着で身を包んでいる。そして髪は風呂上がりのときのように濡れ、頬は熱で朱色に染まっていた。いや、というか本当に幼く見えるな。この人は。

「な、なんでコスプレなんてしているんですか？」

「はん？　なんで高校のときの体操服を着ているだけでコスプレになるんだよ」

「いえ、その、あまりに似合っているので」

「似合っている」という言葉をどう受け止めたらいいのかわからない、とでも言うように彼女は口を尖(とが)らせた。

「寮が研究所のすぐ隣にあるから、一回退勤してからこっそり来て、寝る前まで作業するんだよ。言うなよ。最近、勤務時間とかいろいろうるせぇから。で、データは？　どうせ何かしら鮮明にしろって話だろ？」

「ご明察です」

僕は彼女にＵＳＢを手渡した。彼女はそれを受け取ると、身を屈めてパソコンのポートに挿し、保存されていたデータをデスクトップへコピーする。

パソコンがいそいそとデータを複製している間に、被疑者の車両と思われるものが映っており、その車両ナンバーの詳細を知りたいこと、しかし解像度が悪くて目視では判読できないこと、ダメ元でもいいので鮮明化を試みてほしいことを伝えた。

コピーを終え、該当のシーンを確認した彼女は口をへの字に曲げた。

「なんでもっと早く言わないんだよ。これくらいなら多分できるぞ」

「え？　だって鮮明化技術には限界があるって」

「解像度によるとも言っただろ。前にも言ったが、鮮明化技術の本質は、一枚の静止画では成立しない不完全な情報を、複数の静止画からかき集めて復元することだ。ナンバープレートみたいに幾何的に変形させやすい形状のものは鮮明化しやすいんだよ」

「へ、へぇ……そうなんですね。勉強になります」

「すぐ終わるから適当に待ってろ」

僕はお言葉に甘え、たまたま近くにあった椅子に座った。腰を下ろしたその瞬間に、まるで重力が増したかのようにずっしりと全身が重たくなったような気がする。津波のごとく疲労が一気に押し寄せてきて、瞬く間に僕は朦朧（もうろう）とした眠りの世界に呑（の）まれた。

目を閉じた僕の脳裏に浮かんだのは上司の顔だった。彼は禿げ上がった頭皮の表面に汗を浮かべながら、まるで聞き分けの悪い子供を押さえつけるかのように、僕のモチベーションを下げる言葉を次々に吐いた。出来損ない。図体がでかいだけの無能。どうせできないくせに何をそんなに頑張る必要がある。どんなにモニターを睨んだところで映っていないものは映っていない。諦めろ。生意気に結果を出そうとするな。分相応の仕事をきっちりこなせ。

もはや暴言ともとれる心無い発言に耐えきれず、僕はぎゅっと目を閉じた。するとどういうわけかぴたりと音が止み、静寂が訪れる。恐る恐る目を開けると、なぜか妹の部屋の中に立っていた。

彼女は小柄な体を猫のように丸め、ベッドの隅っこでしくしくと泣いている。僕はどうしたらいいかわからずに、妹との距離を一定に保ったままその様子を茫然と眺めるしかなかった。

「梢」

耳に届いていないのか、反応はない。

「梢」

「出ていって」

もう一度名前を呼ぶと、今度は明らかな拒絶をまとった声が返ってくる。僕は無力感を噛みしめながら踵を返し、妹の部屋から出た。階段を下りる途中で足を踏み外してすっ転び、仰向けの状態で階段を滑り落ちていく。二階からどたどたと足音が近づいてきたかと思うと、心配そうな表情を浮かべる妹の顔が視界に映りこんだ。

「おい、冬眠には早いぞ。起きろ」

「え、ああ……すみません。寝てしまいました……」

よく見たらそれは妹ではなく小春だった。僕は完全に眠りから覚め、慌てて椅子から立ち上がる。

「鮮明化できたのは四ケタの数字だけだ。ナンバーは『4913』」

小春はパソコンの前に戻り、モニターに表示された画像を指さした。鮮明化された被疑車両のナンバープレートが拡大された状態で表示されている。四ケタの数字ははっきりしているが、数字よりも小さな地名やひらがなはボケていて判読ができない。

「できれば地名やひらがなも知りたいんですが……うーん、ひらがなは『お』？　地名はわからないな……」

「あほいえ。『お』は存在しない」

「存在しない？　どういうことです？」

「『お』は『あ』と似ているからナンバープレートの仮名には使われないんだよ。他にも車両ナンバーにはいろいろルールがある。レンタカーは『わ』『れ』が使われるとか、『し』は死を連想させるから使われない、とかな。あとで調べとけ。今はどうでもいい」

「それは知っておいた方がいいですね……。不勉強でした」

「地名とひらがなは前の文字認識ツールで調べてやる。だがそっちの方は内製ツールだからその結果は証拠資料にはできない。いいな？」

「証拠にできない？　どういうことです？」

小春は充血した目で僕を見た。そんなことも知らないのか、と顔に書いてある。

「お前たち警察官は、検察が被疑者を起訴するための材料を集めてる。そうだな？」

「ええ。我々警察官の役割は違法者の逮捕・取り締まりであり、被疑者を裁くのは別の機関です」

「そうだ。そして検察が起訴した場合、その有罪率は９９．９％以上だ。つまり起訴された被疑者の大半は犯罪者になる」

「ええ、知っています」

「その数値はいつの間にか覆ってはならないルールになっている。つまりおいそれとミスできないんだよ。そしてこれまでに実績がない新しい原理・法則に基づく証拠というものは往々にして認められるまでに高いハードルがある。故に使えない。『弁護士に突っ込まれて証拠が不利に働いたらどうする』ってのが上の口癖だ」

「え？　でも正しければ問題ないんじゃないですか？　鑑定手法や結果に疑問が残る場合は、証人尋問で説明を求められるんじゃないんですか？」

「それが普通の感覚だろうな。私も何度か証人として裁判所に呼ばれたことがある。呼ばれたからこそわかるんだが、裁判官の全てが科学に明るいわけじゃない。だからどんなに理論的に正しい手法を用いても、実績がなければ疑われ、疑われたら心証に響き、ひいては判決に響く。上の連中はそれが怖いのさ。多かれ少なかれ裁判は心理戦なところがあるからな。弁護士のいじわるな尋問に動揺し、合理性を欠いた説明をすれば、いくら結果が正しかろうと裏目に出る。実にくだらんよ、この国の司法は。正しい者ではなくて正しいと思わせた者が勝つ」

小春は背もたれに体重を乗せ、天井を仰いだ。

「お前の言う通り、正しいことを正しく伝えれば何も問題はないはずだ。私たちが武器にするものは科学だ。いくら弁護人が揺さぶりをかけてこようが客観的事実に基づいて説明できるのであれば何も恐れることはない。だがさっきも言ったが、本来結果論であるべき有罪率は、いつの間にか満たすべきクライテリアになっている。つまり何をするにしても『有罪率を引き下げる要因にならないかどうか』を気にしているんだ。新たな技術の進歩によって救われるはずの未来に目を向けず、失敗したときの想定ばかりして何もしない……。うちの組織は一体何を恐れているんだろうな。私にはわからんよ」

「……刑事裁判においては『疑わしきは罰せず』、が原則です。冤罪（えんざい）で人生を台無しにされてしまった人たちを思えば、慎重になりすぎるのも無理はないと僕は思いますが」

「冤罪を恐れている。そう言いたいわけか」

「そう思います」

「確かに冤罪は悪だ。私もそこを否定するつもりはないよ。冤罪を憎む気持ちが今の組織の体質を作り上げたという見方もできないことはない。大いに慎重になればいいさ。だが慎重と臆病は違う。上の連中は冤罪そのものを恐れているわけじゃない。万一誤ったときに非難されることをただ恐れているんだ。私の目には、問題が起きるくらいなら何もしない方がいいと思っているようにしか見えんのだよ。本質を見失い、それっぽい理屈らしきものを並べて目先の面倒なことを避けることしか頭にない上の連中は、実に歪（いびつ）で滑稽だ」

「……一つ聞いてもいいですか？」

「なんだ？」

「小春さんは、どうして科捜研の職員を続けているんですか？　勘違いしていたら申し訳ないのですが、組織の在り方や職場環境に不満を持っているように見えます。能力があるのなら民間企業に転職するというのも手段の一つかと思うのですが」

「……まあ、そうだろうな」

彼女は椅子から立ち上がると壁際の棚に近寄り、中から一冊の分厚いファイルを引き抜いた。それを静かに僕に差し出す。僕は無言で受け取り、ファイルを開いた。

ファイルに綴じてあったのは過去の火災現場出動記録だった。束になっている記録書の上部からピンク色の付箋がぴょこんとはみ出ていることに気づき、そのページを開く。そこに書かれている内容にざっと目を通したところで小春が言った。

「私の両親が死ぬことになった火災事件の記録だ。内容は知ってるか?」

「嘉山先輩から少し聞きました」

「調査によって失火と判断されたが、私は他殺を疑っている」

「えっ」

当時のことはうろ覚えではあるものの、放火や他殺という認識はなかった。今一度記録の概要欄に目を通す。一階居間の西側の焼けが強く、その周辺から出火したものと思われるが具体的な原因は不明。そう書かれている。

小春はパソコンの前の椅子に飛び乗るように座り、モニターに視線を向けた。目にもとまらぬスピードでキーボードを叩きながら早口で話を続ける。

「お前もうすうす感じているだろうが、全焼している火災現場の出火原因を明確に突き止めるのは極めて困難だ。出動したものの原因不明の結果を下す可能性の方が圧倒的に高い。いくら頭に知識を詰め込んでも灰になっちまえばどうすることもできないからな。その事件もそうだった。逆を言えば、放火の可能性を否定しきれていない」

「しかし……否定しきれていないというだけですよね？」

「そうだ。証拠はない」

「証拠がないから、今も調べている、と？」

「調べる上では警察にいる方がいろいろ都合がいいからな。お前の言う通り、そのアドバンテージがなければ、こんな非合理な組織に在籍する理由はない。入所半年くらいで退職届を出してるよ」

彼女はくるりと椅子をターンさせ、こちらに向き直った。重い話をしているはずだが彼女の表情にあるのは眠気だけで憂いはない。人形のようにぱっちりした瞳から放たれる視線が僕の眉間あたりを貫いている。

無謀だ。そう思った。

小春の言う通り、全焼してしまった火災現場での出火原因を突き止めるのは極めて難しい。ゆえに調査余地が残されている。そう言いたい気持ちもわかる。だが調査する以前に、調査対象が燃え尽きて何も残っていないのだ。そしてその事実は時間をかけたところで覆るわけでもない。

「無理……をしてないですか」

そんなのは無理だ、そんな決めつけるような言葉が半分喉から出たが、ぐっと呑み込んでごまかすように言い方を変える。

「はん？」

小春は、これまでに味わったことがない食べ物を口に含んだときのように顔を歪めた。

「時間をかければ解決するわけでもないでしょう？　むしろ時間が経てば経つほど事件は風化し、わからないことが多くなっていく。それは小春さんだってわかっているはずです。悔しい気持ちはわかります。でも不可能に近い現実に立ち向かっても苦しいだけです」

彼女のことを否定したいわけではないけれど、気づいたらそんな言葉が口から出ていた。小春だって、そんなことはきっと言われなくたってわかっているだろう。案の定、僕の意見を聞いたところで彼女の表情は微塵も動かない。覚悟の上だ。そう言いたげな顔だ。

「それに入所当初は、もっとこう、……今より穏やかだったとうかがいました。無理して自分を殺して、作っているんじゃないでしょうか」

「……情報源は嘉山だな。おしゃべりなやつめ」

小春は呆れたように肩をすくめてみせた。

「というか、お前は人のこと心配してる場合かよ」

「それはそうですが……」

「かわい子ぶってたほうが良かったか？　しおらしく、守ってほしそうに媚びを売ってりゃ満足か」

「そういうことを言いたいわけじゃないんですが」

「いい子ちゃんのままじゃ、この組織で結果なんて出せねぇんだわ」

　小春は細い足を組み、小さな身体の重心を椅子の背もたれに預けた。手すりに肘をかけて頬杖をつき、退屈な映画のあらすじを紹介するかのように語り始める。

「神奈川県の科捜研は、本部から離れてはいるが警察組織の一部だ。例にもれず意味不明な昭和のしきたりや文化がしぶとく根付いている。そしてその因習にどっぷり浸かっていた年寄りたちの大半は若手の活躍なんて期待してねぇんだよ。全員とは言わないがな。自分が定年退職するまでただ大人しくしていてほしいんだ。まあ公務員だし、何もしなくても給与は入るから、仕事なんてしたくないってのが本音なんだろ。そんな環境でただ空気を読んで過ごしていたらどうなると思う？　年寄りたちのご機嫌取りだけで給与をもらう粗大ゴミの出来上がりだ」

　遠くを見つめながら過去を語る彼女の顔には、寂しさと失望を足し合わせたような感情が滲んでいる。小春が語る科捜研の内情が真実かどうかはともかく、彼女が当初抱いていた気持ちに共感することならできた。理想と現実のギャップに憂いや絶望を感じていたのは僕とて同じである。

「だからあるとき噛みついたんだ。思いきりな。加減はしなかった。その一件から、一部から猛烈に嫌われることになったが、意外と味方になってくれる人はいるものでな。まあ何とかやってるわ。作ってるっていう評価は間違ってないな。だが誰でも仮面は被るもんだろ？」

小春は僕の方を見ると、にっと八重歯を見せて笑った。

「さて、そうこうしてるうちに結果が出たぜ。つまらん昔話はここまでだ。お望みのフルナンバーだ。Nシステムで検索かけてみろよ」

第二章
起死回生の捜査

科捜研で小春に映像データの解析をしてもらったあと、僕はいつものように終電で実家に帰った。身体には疲労が蓄積していく一方だが、手掛かりがつかめただけに足取りは軽い。今日はよく眠ることができそうだった。

　玄関の扉を開けたところで、僕は眉を寄せた。時間が遅いにもかかわらず居間の電気が点いている。不審に思いながら靴を脱ぎ、居間に近づいたところで梢の声が聞こえてきた。

「私だって、なりたくてこうなったんじゃないっ！」

　珍しく声を荒げている。

「そうね、それはわかってる」

　母の声だ。どうやら言い争っているらしい。両者の語気から察するに結構熱くなっているようで、妙な危険を感じて僕の足は自然と止まった。

「でもそろそろ現実を受け止めて次に進んだ方がいいと思うの。お兄ちゃんも心配してる。これ以上、お兄ちゃんの負担を――」

「それをお母さんだけには言われたくない。お母さんだって、お母さんだってお兄ちゃんに甘えてるくせに」

　そこで梢が居間から勢いよく飛び出してきて、僕の身体とぶつかりそうになる。梢は僕を認識した瞬間にはっとしたような顔をしたが、すぐにきゅっと固く口を結んで何かに耐えるような表情をした。何か声をかけようとしたが口から言葉が出てこず、彼女との間に気まずい沈黙が流れる。

「ごめん」

何に対する謝罪なのかよくわからないが、彼女はそう言って沈黙を破ると、どたどたと階段を上ってその場から姿を消した。

梢とすれ違うように居間に入ったところで、僕はぎょっとして身体を硬直させた。割れた食器が床に散り、テレビの液晶にはひびが入り、カラーボックスは倒れて中の日用品がぶちまけられ、食卓の椅子の脚が折れていた。まるで空き巣にでも入られたかのような荒れようだ。

絶望の色に顔を染めた母がソファに座り、項垂(うなだ)れている。まるで恐ろしいモンスターから逃れるべく呼吸を止めて気配を殺しているかのような雰囲気すら感じる。

「ど、どうしたのさ、これ」

僕が声をかけると、母が顔を上げてこちらを見た。

「梢と……ちょっと言い争いになって」

「いや、言い争いとかいうレベルじゃないでしょ。怪我はない？」

「大丈夫」

ローテーブルに置かれた高校のパンフレットが目に付いた。それでおおよその察しがついた。おそらく母が梢に転校を提案し、話がこじれてケンカになったのだろう。もっとも周囲のモノを痛めつけるほどのケンカに発展したのは初めてのことなので、信じられない気持ちではある。

僕は少しだけ後悔した。最近、プライベートの時間を完全に犠牲にして捜査に明け暮れていたから、家族に気を配ることができていなかった。

「ねぇ母さん、梢が学校に行かなくなった理由ってわかる?」

僕は荷物を床に置き、立ったまま母に尋ねた。

「はっきりとしたことは……。担任の先生は、たぶん友達との人間関係でしょうっておっしゃってはいたんだけれど」

「成績も悪くなかったし、勉強が原因ってわけではなさそうだよね。やっぱり人間関係くらいしか考えられないかな。部活の友達と何かあったのかな?」

「さあ……そこまではわからない。私ね、あの子の不登校はもしかしたら家庭環境が原因じゃないかって思うの……。インターネットで不登校の原因を調べたらね、友達や先生との関係性の他に、家庭環境があるらしいの。ほら、お父さんが亡くなってシングルマザーになったから」

「まさか。梢に限ってそんな理由で不登校になんてなるもんか。それに父さんが死んだのはもう十年も前の話だろ」

「……そう、そうよね。ああ、もう十年も経つのね。あんたには苦労をかけるわね……大学にだって行きたかっただろうに……」

「今さらやめてよ。別に後悔なんてしてないし」

「そうは言うけどね、高卒と大卒では全然違うでしょ。もし警察官が嫌になってしまっても高卒では行けるところも限られるじゃない。私はあなたの人生の幅を狭めてしまったんじゃないかって、ずっと……」

僕はぎくりとした。僕が警察官を辞めるわけがない、そう言い切りたかったができなかった。上司の嫌がらせによって自信を失いつつある今の自分の心境を見抜かれているような気がした。

僕は今一度荒らされた部屋を見渡した。

可能なら梢の心を蝕んでいる原因をこの手で取り除いてあげたかった。けれど梢が何に苦しんでいるのかわからなかった。僕や母に何を求めているのかわからなかった。そっとしておくのがいいのか、多少迷惑がられても強引に話を聞き出すべきなのかわからなかった。だが「わからない」で足踏みしている猶予はないようだ。母もそろそろ限界だろう。

憔悴（しょうすい）しきった母の肩に手を添え、僕は言った。

「明日以降、何とか時間を見つけて梢と話してみるよ。母さんは、もう休んで」

「ええ……そうね、今日はもう休もうかしら。片付けは、明日するから……」

とは言ったものの、「時間を見つけて話す」がいつになるかはわからなかった。

梢のことはもちろん心配だけれど、プライベートのほとんどを捜査に充てている以上、たった三十分の時間を捻出することすら難しい。それに僕はまず自分の状況をどうにかする必要がある。仮に梢が復活しても僕の足元がぐらついたままだったら、母はきっと本当の意味で安心はしないだろう。

僕は翌日も誰よりも早く出勤し、捜査を続行した。小春が提示してくれたフルナンバーのことはこの段階では誰にも言わず、ある程度逃走先の目星をつけてから報告するつもりだった。僕個人の粘りで犯人の尻尾をつかんだということを印象付ける必要があると思ったからだ。今はまだ僕にとって職場の空気は重い。しかし結果が出れば周囲の見る目も、居心地も変わるだろう。

結論、逃走した彼らは山梨に潜伏しているものと思われた。山梨のどこにいるのかはまだ突き止められていないが、これ以上単独で情報を握っていることに限界を感じたため、そこで結果をまとめて上司に報告した。手掛かりを得られたことで捜査員らは大きく沸いた。そのときばかりは水原補佐も嫌味を言わず、満面の笑みで僕の肩を叩いた。初めて手ごたえを感じた。

その後、相模原北警察署の刑事課と協力して山梨へ捜索に乗り出すことになった。

手掛かりをつかんだという小さな功績が認められ、嘉山先輩とのタッグで現場での捜査を許可された。上司に認められた状態で外で捜査するのは、火災現場の灰掻きを除くと初である。

出動の準備をしていると、嘉山先輩が僕の背中をぱしんと叩いた。

「これでお前の評価も上がるかもな。気張れよ」

「はいっ……！」

今回の件で努力と実力を見せつけ、相応のポジションを獲得するのが僕の狙いだ。失敗はできない。

母さんと妹を守れるのは僕だけだ。

もう父さんはいないんだから。

◇

七月もいつの間にか中旬になり、通っていた小学校ではそろそろ夏休みが始まるころ合いだった。今ごろ学校はどんなことになっているだろうと、ほんの少しだけ想像した。ぼくの遺体捜索はニュースにもなっていたし多少は騒がれただろうけど、きっとそろそろ話題性も薄れ、夏休みが終わるころにはすっかり忘れ去られてしまうに違いない。少しむなしいが、ぼくにはどうでもいいことだった。

最近、例の問題を載せたメールは届いていないし、公彦おじさんからの新たな指示もないから、だいぶ暇を持て余していた。

特にやることもないのでリビングで数学の研究に励んでいると、公彦おじさんがふらっと姿を現した。彼はぼくに近寄るなり、協力してくれているお礼にと言って右手に携えていた白い箱をこちらに差し出してくる。箱を受け取って中を確認する。箱の中にはショートケーキが三つ入っていた。

「喜一とうまくやれてるか?」

これまで何となく曖昧にされていたことを今日こそは尋ねようと口を開こうとしたところで、公彦おじさんに先手を取られた。公彦おじさんは荷物を床に置き、食卓の椅子に座りつつ、そう尋ねてくる。

ぼくは受け取ったケーキの箱を冷蔵庫に入れ、そのついでに麦茶が入ったピッチャーを手に取った。食洗器から取り出したコップに冷えた麦茶を注ぐ。

「喜一と? うん。まあまあかな。この前、二人で釣りに行ったんだ。ニジマスを釣ったんだよ。あとで写真を見せてあげる」

喜一は今、たまたま車のガソリンを入れに行っていて、隠れ家にはいない。川で撮ったニジマスの写真も喜一が携帯しているスマホの中だ。

「ねぇ、前から聞こうと思っていたんだけど、喜一って何者なの？」

「うん？」

ぼくは麦茶が入ったコップを慎重に運び、それを公彦おじさんの前に差し出した。

彼は不思議そうな顔でぼくを見る。

「普段は仕事もしていなさそうだし、ケンカはめちゃめちゃ強いし、見た目は怖そうなのにぼくにはやたら優しいし。大人のくせになんか嫌な感じがしないし。なんか、変わってるっていうか……」

「まあ、少なくとも普通ではないわな。望になら話してもいいか。あいつには家族がいてな」

「結婚指輪してるもんね」

「でももういない。亡くなったんだ。正確に言うと殺された」

「えっ」

指輪をしているくせに家族の気配を感じたことがなかったので訳アリなんだろうなと思ってはいたけど、まさか亡くなっているとまでは思っていなかったので、ぼくは反応に困った。

「昔、あいつは横浜の割とでかい暴走族の一員でなあ。毎日誰かにケンカ売っては暴れまわるやんちゃなやつだったよ。あまりに凶暴すぎて『ハマの虎』って呼ばれてた。

けど交際していた女性との間に子供ができたのがきっかけで変わったんだ。もうすっかり別人だよ。あいつが二十歳のときだ」

「……ふうん」

「すっかり善人になってやつの両親は大喜びだったんだけど、組織を抜けるときに色々揉めたらしくてなあ。それに追い打ちをかけるように喜一の奥さんと子供が車に撥ねられて亡くなった。たぶん喜一に恨みを持っている人間による報復だよ。実行犯は当然捕まったが黒幕は結局わからなかった」

この話をどう受け止めていいかよくわからず、ぼくは黙っていた。重たい話をしているのはわかるけれど、現実からかけ離れていて重さを実感できないのだ。東京ドーム五個分と聞いて広さを想像できないのと同じ現象かもしれない。

「お前に優しいのも、息子と重ねているからかもしれん。生きていたら同じ位の年齢になっていただろうからな。わかっているとは思うが、今回の話を聞いて気を遣う必要はないからな。あいつはもう乗り越えてる。いつも通り接してやってくれ」

「うん。ねぇ、公彦おじさんと喜一はどういう関係なの？　公彦おじさんは別に暴走族をやっていたわけじゃないでしょう？」

「年齢はそれなりに離れてはいるが、あいつは幼馴染ってことになるのかな。家族ぐるみで付き合いがあってな。別になんの自慢にもならんが、やつの実家の階段の段数まで知ってるぜ」

　ぼくはやはり黙るしかなかった。ぼくも早く親を亡くしているけど、もちろん誰かに悪意をもって殺されたわけじゃない。家族が誰かに殺されたとわかったときにどんな気持ちになるのか、想像するのは難しかった。悲しみや怒りの感情を抱くのは間違いないだろう。でもそれらの感情が自分をどんな行動に駆り立てるのかは全くわからなかった。

「あとさ、あの問題のことなんだけど――」

　自分から聞いたくせに、なんだか居心地が悪くなって話題を変えた。

　他にも聞きたいことが山ほどあった。

「人の命を救う」とはどういうことなのか、ぼくは本当にその目的の達成に貢献できているのか、そしてこの生活をどう維持していくつもりなのか……。当初は施設から抜け出せればそれでいいと思っていたけれど、学校に行かず、この隠れ家で永遠に暮らしていけるほど世間が甘くないことは理解しているつもりだった。不安定な生活から抜け出してある程度精神が落ち着いた今だからこそ、将来を不安に思う気持ちが芽生え始めている。

「当然の疑問だな。今日はある程度時間が取れるから、それについて話そう」

　それから喜一が帰って来るまでの間、ぼくは心の中に沈んでいたすべての疑問を引っ張り出して公彦おじさんを質問攻めにした。公彦おじさんは嫌な顔一つせずに、絡まっていた糸を丁寧にほどくようにぼくを理解に導いていく。

教師や同級生が相手では、ぼくがどんなに工夫してボールを投げても絶対に望んだものは返ってはこない。公彦おじさんは学校にいるどの先生よりも賢くて、どんなに形が整っていない質問をしても的確にぼくの疑問を溶かしてくれた。

そうこうしているうちに喜一が帰ってきた。右手に紙袋を提げている。公彦おじさんが来ることを予期して帰りに信玄餅(しんげんもち)アイスを三つ買ってきたんだという。ぼくと公彦おじさんは会話を一時的に中断してしばらく休憩することにした。

将来に対する不安は少なからずあって、きっとこれから乗り越えないといけない壁は多いのだろうけど、間違いなく今は幸せだった。いつまでもこんな日が続けばいいと思った。

だがそんなぼくの幸せな生活にひびが入るのに、そう長い時間は掛からなかった。

◇

私がその喫茶店を訪れたのは、八月中旬の良く晴れた日だった。

エンジンを切り、車から降りると湿気の多い空気に全身が包まれる。まだ夏の嫌な暑さがしぶとく残っており、立っているだけで背中に汗が滲んだ。

　喫茶店の扉を開け、エアコンが効いた店内に身を入れる。奥のテーブル席で一人の男性がこちらに向かって手を振っていた。私は早足で近づき、彼に向き合うようにして席に座った。

「久しぶり、叔父(おじ)さん。連絡をもらっていたのに、すっかり返信が遅くなってごめんね」

　彼は私と目を合わせるなり軽い口調でそう言った。その顔にはずいぶん疲労が滲んでいるように見える。見切り品コーナーに置かれたしおれかけの野菜のように生気がない。着ている作業着までくたくたで、一歩間違えたら家を追い出された浮浪者のように見えなくもなかった。

「なんか、変わったな」

「まあ、色々あったから。怒濤(どとう)だったよ、この数年は。千里ちゃんは元気？　薬剤師になったって聞いたけど」

「あ、ああ。頑張ってるよ。そろそろ結婚もする」

　お冷とおしぼりを運んできた店員にアイスコーヒーを注文する。彼の前には既にアイスカフェオレが入ったグラスが置いてあり、そのグラスとテーブルの境には結露によって水が溜(た)まっていた。遅刻はしていないはずだが、待たせてしまったかもしれない。

彼の一家とは最近全くと言っていいほど連絡を取っていなかった。三年前の墓参りのときに軽く近況を報告し合ったのが最後で、それ以降彼がどんな生活を送っていたのかはほとんど知らない。少なくとも楽ではなかったことだけは、彼の表情を見れば何となくわかる。

想像するに、彼と会わなかった三年という歳月は、互いにとってそれなりに濃いものだったのだろう。話したいことが山ほどあった。だが先に聞かなければならないことがある。私は近況を説明し、抱いていた疑問を彼にぶつけた。

「まさか血縁関係があるっていうだけで叔父さんに飛び火するとはね。もしかしてガサ入れもあった？」

「ああ、二週間前、自宅にな。もしかしたらそのうち職場にもガサが入るかもしれない。お前は？」

「自宅には入られたけど、職場にはまだ。でも通知はあったらしい。ちょっと前に上司に呼び出されたから。まったく、いろいろと隠すのに必死だよ」

「そうか……」

「信じてもらえるかわからないけど、別に叔父さんを陥れるつもりなんてこれっぽっちもないよ。意図して叔父さんの会社を狙ったわけでもない。いろんな人の手を借りて情報をかき集めた中で、株の値動きが一番大きそうな会社がたまたま叔父さんの勤め先だったんだから嫌な偶然だよ。叔父さんに罪はない。証拠がない以上、そのうち解放される」

「ってことは、やはり……」

「うん。未公開の情報をもとに僕が株取引したのは事実だよ」

「本当か？　だとしたらどうやって？　誰から聞いた？」

「誰からも聞いていないよ。ちょっと覗き見しただけ」

「の、覗き見？　まさか、盗聴器とか、隠しカメラとか……？」

「そんなことしないよ。犯罪だし。手法については教えられないな。どうしてってって顔をしているね。まあ、叔父さんになら話すよ。迷惑もかけちゃってるし」

彼はコップを持ち上げ、中の液体を口に注いだ。少しの間を置いてからこう続ける。

「動機は娘。叔父さんにも千里ちゃんがいるから、たぶん、僕の気持ちもわかってくれるとは思う」

「まさか……奈緒(なお)ちゃんに何かあったのか？」

彼は頷いた。

ポケットからスマホを出すと、慣れた手つきで画面を操作してからそれを私に見えるように差し出した。液晶画面には小学校低学年くらいの女の子がこちらに向かってほほ笑んでいる。ただし彼女は柔らかそうな素材の寝間着にその幼い身体を包み、病院のベッドのようなところに横たわっていた。明らかに何らかの病を患っていることが察せられた。

「『拘束型心筋症』って診断された。五十万人に一人の割合で発症する心臓の病気。簡単に言うと、心臓が硬くなってポンプ機能がちゃんと働かなくなってしまう病気だってさ」

「こうそくがた……え?」

私はその写真に写る女の子が彼の娘――奈緒ちゃんであることを理解して言葉を失った。しばらく見ないうちにこんなことになっていたとは寝耳に水だ。信じられないし信じたくはないが、彼が冗談でこんなことを言うような性格ではないのはわかっている。

「発病の機構は不明。治療法も未確立。娘が生きていくには心臓移植が必要になる。ただ国内では厳しい。臓器移植法改正が十三年前に施行されてから、徐々にドナーの数が増えているとはいえ、諸外国に比べたらまだまだ圧倒的に不足しているのが現状だから。ドナーを待っていたら娘は確実に死ぬ。娘を早急に助けるにはアメリカでの渡航移植が必要になるけど、そのために必要なお金は五億円以上」

「ご、五億……」

途方もない金額を耳にして絶句し、そして彼がなぜここまで疲れ切っているのかを理解した。並の労働者では絶望する以外にないだろう。

驚きが顔に出ていたのだろう、彼は苦笑しながら説明した。

「国際移植学会が二〇〇八年に採択したイスタンブール宣言――簡単に言うと、それぞれの国で移植を行うように環境を整えましょう、ってやつ――を採択してから、海外からの移植ツーリズムを抑止する意味でもデポジット代が高騰してる。それにアメリカでは当然日本の保険は適用外だから、全額自己負担。当然そんな貯金はないから絶望したよ。ネットで募金も試したんだけどうまく集まんなくて」

彼はスマホを取り出して何やら画面に指を這わせると、それをこちらに見えるように差し出してくる。ネットニュースを表示したウェブブラウザが立ち上がっていた。画面上部にサングラスをかけた中年の男性の写真が掲載されている。

「この人、ネットで有名な人らしくてさ。ちょっと前にこの人が渡航移植について否定的な意見を述べたことが完全に逆風になってる。見たことある？『海外での臓器移植をするための募金を善だとは思わない。海外でドナーを待っている患者はどうなるのって話。お金の力でドナーの順番待ちの横入りしているだけ』だってさ」

彼はまくしたてるようにそう言うと、はあ、と大きなため息を吐いた。口調だけはまるで他人事のように軽く聞こえるが、吐く息はとてつもなく重く、そして疲労と絶望を帯びていた。

「ドナーの数に差があるとはいえ、どの国にも待機している患者がいることに変わりはない。つまりこのデポジット代が、アメリカでドナーを待つ患者の横入りをするための費用と捉えられなくもないわけだね。間が悪いことにその著名人の発言が募金活動中に各メディアでクローズアップされたせいで、お金が集まるどころか批判コメントが大量に届いたよ。『このお金でアフリカの子供を何人救えると思ってるんだ』とか、『海外の患者も待っているのに、お金の力で順番抜かししている』、とか」

「だ、だから」

インサイダー取引か。

「そう。中途半端に集まった寄付金を担保に、叔父さんの会社の株を空売りした。もう必要資金は口座にある。今渡航の準備を進めているところ。叔父さんはどう思う？僕はある手段で事前に情報を知って空売りしただけ。誓って言うけど、誰かを脅迫したわけでもなければ、盗聴や不法侵入といった法に引っ掛かるようなことをしたわけでもない。強いて言うのなら株を持っていたこの世の誰かが損して泣いているくらいだけど、それは僕のせいじゃない。そうでしょう？」

私が奈緒ちゃんと最後に会ったとき、彼女はまだ四歳だった。母親の背中に隠れていた恥ずかしそうにしていた当時の彼女の姿を思い出す。無垢な彼女が病魔に襲われていることを想像すると心が痛くなる。

　千里が幼かったころを思い出し、そして彼女が奈緒ちゃんと同じように難病に伏せる姿を想像した。生涯年収を超える治療費を要求されたときに正気を保っていられる自信はない。

　どんなことをしてでも金をかき集めようとする自分の姿が脳裏に浮かんだ。娘が助かる可能性が少しでもあるのなら、犯罪にだって手を染めかねないだろう。

「す、すまない。情報量が多すぎてなんと言ったらいいか……」

「無理もないよ」

「なあ公彦、私にできることがあったら――」

「何もできないよね？」

　彼は私の言葉を遮るようにして言った。ぐうの音も出ず、助ける手立てもないくせに安易に口走った自分を呪いたくなる。

「お気持ちだけで大丈夫。話ができてよかった。しばらく会えなくなるから。叔父さんにはよくしてもらったから、迷惑かけて心苦しくはあるけど」

　もう伝えるべきことは伝えた、とでも言うように彼はそれから強引に話題を変えた。

　彼はじきに結婚する千里の話を聞きたがった。私は調子を合わせたが、奈緒ちゃんのことが頭から離れず集中を欠いた。

ひとしきり話し終えた私たちは席を立ち、会計を済ませた。二人で肩を並べて外に出る。

「じゃあ叔父さん、元気で」

彼はそう別れを告げると、私に背を向けて歩き出す。

遠のく彼の背中を目で追っていると、なぜだかもう彼と二度と会えないような気がしてきて、思わず呼び止めたくなる。だが呼び止めたところで何もできないことを悟り、私は開きかけた口をつぐんだ。無力感だけが身体を支配して、その場に茫然と立ち尽くすことしかできない。やかましいセミの鳴き声に囲まれながら、私はしばらくその場で彼の背中をただ見つめていた。

◇

小春が解析によって割り出したフルナンバーを元に犯人の車両を追ったところ、彼らは現在、山梨の大月（おおつき）周辺に潜伏しているものと思われた。もっとも潜伏場所近辺は山梨の過疎地であり、交通インフラが充分に整備されていないこともあって、詳細な位置情報はまだわかっていない。そこで僕は嘉山先輩と共に聞き込みおよび防カメの回収を実施するため現地へと向かうこととなった。高速道路を使って約一時間半の道のりである。

　これで結果を出して実力を証明できれば、絶望的に退屈な仕事環境の改善が見込めるはず。僕の気合は充分だった。

「それにしても、彼らの狙いは何なんでしょうか」

　僕は運転しながら助手席の嘉山先輩に話しかけた。

「狙い？」

「まだ想像の域を出ませんが、立花望くんは意図的に火災を起こし、自殺と見せかけて施設から脱走したと思われます。そしてどうやらそれに手を貸している大人がいる。僕にはこれが単なる脱走とは思えないんです」

「じゃあ、他にどんな可能性がある？」

　嘉山先輩はドアのアームレストに肘をつき、矢のように流れる外の景色に視線を向けたままそう言った。

「望くんは数学力がすさまじかったと聞いています。それを何者かが利用しようとしているんじゃないでしょうか」

「まあ、ありえなくもないが……しかし数学ができるからといって何ができる？」

「それは……」

「少なくとも俺には思いつかんね。だが何者かがこの件に関わっているという意見には同意だ。おそらくその協力者にとって都合の悪い人間が養護施設にいた。いじめられていた立花望は加害者のことが許せない。両者の利害が一致したために脱走のついでに火災を起こした。これが一番現実的な線だと俺は思う」

「なるほど……では彼らが山梨を潜伏場所にしているのをどう考えますか？」

「さあな、そこまではわからん」

そんな推理を繰り広げながら高速道路を走り抜け、山梨へと入る。高速を下りてしばらくしたところでトイレ休憩を兼ねてコンビニに寄った。駐車場に車を停め、僕らはドアを開けて外に出る。外は良く晴れており、太陽が生み出す灼熱の光線に全身が曝される。

自然に囲まれたのどかな場所だった。横浜と比べると肺に吸い込む空気が幾分新鮮でうまい気がする。周囲に住宅や人工物は少なく、人ごみも当然ない。

コンビニの駐車場の向こう、道路のさらに奥に目を向けた。舗装していない山の斜面が視界に入る。斜面の上に木造の手すりがあり、その向こうに小学生くらいの男の子が立っていた。肩からクーラーボックスのようなケースを提げ、右手に釣り竿を持ち、反対の手にはノートのようなものを持っている。藍色のキャップを深々と被り、大きなマスクで顔の大半を覆っているため表情まではわからない。

自然と目が合う。

数秒の沈黙ののち、彼は背を向けて走り出した。

「ちょっと待って、君」

確信があったわけではない。だが気づいたら僕は駆け出していた。道路を渡り、斜面に足をかける。高さは身長の三倍程度あったが幸い傾斜はきつくない。落ち葉に足を取られないように斜面を登り、設けられていた手すりを超えた。

「おい熊谷、どうした」

背後から嘉山先輩が僕を呼ぶ。

「すぐ戻ります！」

手すりの先は、四方を木々に囲まれた獣道になっていた。また幅二メートル程度の小さな川が奥から手前へと流れている。川は、今しがた僕が手すりを乗り越えた場所付近で方向を九十度変え、道路に沿うようにして下流へと流れているようだ。

前方に視線を投げると、川の上流へ向かって走る少年の背中が辛うじて確認できる。彼は背後、つまり僕の方を一瞥すると、手にしていたケースや竿を投げ出してさらに速度を上げた。

僕は彼の背中を追った。そこまで足に自信があるわけではないが、さすがに子供相手に後れを取るほどではなかったようで、一分も経たずに彼の背中の後方一メートル程度まで距離を詰めた。だが彼の腕を取ろうとしたその瞬間、向かって左の茂みから長身の男が現れ、僕と少年の間に割って入ってくる。

「喜一！」

少年は足を止め、突如として現れた謎の人物をそう呼んだ。

必然的に僕も足を止め、弾む息を整えつつ相手を観察する。

年齢は二十代後半から三十代前半。やたらと股下が長い細身の体型で、身長は僕と同程度。涼し気に刈られた短髪が、彫りの深い細面によく似合っている。黒のタンクトップに少しゆとりのあるパンツというラフな恰好をしており、肩から肘にかけて刺青が彫られていた。

「その子のことでお聞きしたいことがあります」

彼は獲物を狙う肉食獣のように両目をぎらつかせるだけで、何も言葉を返さない。

そんな折に背後から不意にぽんと肩を叩かれた。思わず心臓が飛び出そうになる。

「勝手に行動するな」

肩を叩いたのは嘉山先輩だった。後を追ってきていたらしい。

「す、すみません」

そこで冷静になり、早まった行動をしてしまったことを後悔する。彼らが仮に追っている対象だとしても、逃げられでもしたら取り返しのつかないことになりかねない。

「我々は警察です。行方不明の少年を追っています。そちらは息子さんですか？」

嘉山先輩が丁寧な口調で男にそう問いかける。少年が口を開いて何かを言いかけたが男がそれを制した。少年の代わりに「そうだ」と簡潔に答えを返す。低いがよく通る声だった。

「身分を証明できるものはありますか？」

男はズボンのポケットに手を突っ込み、中から財布のようなものを取り出して我々の方に差し出してくる。嘉山先輩がそれを受け取るために数歩前に出た。存外素直だなと思ったその矢先、彼は華麗な回し蹴りを嘉山先輩のこめかみに炸裂させる。

「嘉山先輩！」

嘉山先輩はその場に倒れ、男はすぐさまその倒れた身体に馬乗りになって動きを封じ込めた。男は嘉山先輩の腕を取ると、僕に向かって冷たい視線を放ちつつこう言った。

「動くな。動いたらこいつの腕を折る」

深追いしすぎた自分の浅はかさを自覚し、ぎり、と奥歯を噛みしめる。こいつなら本当にやりかねない。そう思わせるほど男の言葉には凄(すご)みがあった。

「ひざまずいて両手を上げろ」

僕は言われた通りに膝を地につけた。両手を上げたその瞬間、視界が九十度ぐるりと回転する。蹴られた、そう思ったときには既に僕の身体は地面に倒れていた。蹴られたあごに激痛が走る。そしてそのまま電源をオフしたテレビ画面のように視界が暗くなった。

「熊谷、起きろ」

身体を揺さぶられて目を覚ますと、激しい頭痛と耳鳴りに襲われた。身体を起こして辺りを見渡してみる。無表情の嘉山先輩が僕の顔を覗き込んでいた。案の定と言うべきか、少年の姿も長身の男の姿もない。そこで自分の身に起きたことを思い出し、一瞬にして全身から血の気が引いた。

「僕、どれくらい気絶していました……？」

取り返しのつかない失敗をしてしまったことを自覚して、絶望が胸の中を支配する。

「俺もさっき起きた。おそらく二十分くらいだ」

嘉山先輩はスマホを取り出し、表示されたデジタル時計を確認しながらそう言った。

「すみません、自分が深追いしたばっかりに……」

「俺があいつに倒されたのが最大の失敗だよ。気に病むな」

気に病むな、と言いつつもその表情は穏やかではない。そりゃそうだ。このまま逃げられでもしたら、これまでの努力や苦労は水の泡だ。上司の目を盗んでかき集めたデータも、小春たち警察職員の協力も、僕ら警察官の泥臭い追跡捜査も、何もかも。

「このまま闇雲に探すのは得策じゃない。一度戻るぞ」

僕らは立ち上がり、駐車場に停めた車両へと向かった。鉛の足かせがついているかのように足取りは重く、気分も三十九度の高熱が出たとき並みに悪い。まだ彼らを取り逃がしたと決まったわけでもないのに想像は悪い方向にばかり働き、勝手に最悪の未来をイメージして涙が出そうになる。

重たい空気をまとわせながらとぼとぼと川沿いを歩いていると、地面に落ちていた赤色の物体が視界に引っ掛かる。僕は近寄ってそれを拾い上げた。ノートのようだ。表紙に書かれている文字は「No.14」「立花望」。

それは立花望が逃走時に落としたノートだった。

◇

ぼくは釣りをするために午前中から外に出ていた。喜一とマス釣りに行って以来、近くの川に足を運んでは釣り糸を水面に垂らすのがほとんど日課になっていた。

立場上あまり独りでふらつくのは望ましくないが、隠れ家というだけあって周囲にはほとんど民家らしい民家はなく、人よりも野生動物を見かける回数の方が多いくらいなので、外出が禁止されているわけではない。

これまで数学のことしか書いてこなかったノートに、いつの間にか釣りのことも書くようになっていた。闇雲に釣り糸を垂らすことはせず、条件や観測した事実を必ず記録し、よりうまく獲物を釣り上げる方法を模索した。対象が数学から釣りになっただけで、やることはいつもと変わらなかった。

釣りの研究に没頭するあまりいつの間にか三時間以上の時が流れ、そして思った以上に隠れ家から離れていたことにぼくは気づかなかった。数キロ以上川を下り、公道の近くまで来ていたらしい。聞こえてきた車の走行音につられるようにして道路に目を向けたのが運の尽き。たまたまそこにいた人（しかも警察の人間）に認識され、勘が働いたのか追われることになった。死に物狂いで逃げた。途中で喜一が助けに来てくれたからいいようなものの、そうでなかったら捕まっていたに違いない。もっと警戒すべきだったと悔やむばかりだが、後悔はいつだって先に立たない。

「ねぇ、どうしてぼくがここにいるってわかったの？　ぼくが橋本駅の公園に逃げ出したときだって……」

喜一の優れた戦闘能力と駆け引きによって警察を返り討ちにしたあと、ぼくらはその場を離れて隠れ家へ向かった。隠れ家に向かう道中、ぼくは喜一にそう尋ねた。

「公園にいるお前を見つけたときは、渡したスマホに念のため入れておいた位置情報共有アプリを使った」

「うげ。まじかよ。信用ないな」

「けど今回は使えなかった。このあたりは電波が悪いからな。だから普通にあちこち探し回ったんだよ。おかげでだいぶ時間を食った。まさかこんなに遠くまで足を延ばしているとは」

「ご、ごめん」

「いや、気にするな。行動範囲の制限を決めていなかった俺にも責任があるし、公彦おじさんの情報入手が遅れたことにも原因がある」

「何かあったの？」

「どうやら俺たちがここに隠れていることがバレたらしい」

　隠れ家に戻ると、喜一はそのまま車に乗るようにぼくを促した。

「今から東京の隠れ家に移動する。だがこの車はナンバーが割れているらしいから高速は使えん。まずは予備の車が置いてある場所に移動する。乗れ。詳しいことは走りながら説明する」

「うん」

　ぼくははやる気持ちをおさえながら助手席に乗り、シートベルトを締めた。ぼくが釣りに行っている間に逃走の準備をしていたのか、足元には既にリュックとサッカーボールが置いてある。

運転席に乗り込んだ喜一はエンジンをかけると、猛スピードで車を走らせた。加減しらずの運転で車内はさながら地震体験車のように揺れ、到着する前にどっかにぶつかってしまうんじゃないかという不安がよぎる。

山道を抜け、舗装された道路をしばらく走ったところで喜一が舌打ちする。

「まずいな、つけられてる。ちょっと荒っぽくなるぞ」

サイドミラーを見ると、黒い車両――さきほどコンビニで見かけた車両とはまた別の車両がすぐ背後に迫っていた。緊張で全身が引き締まり、脇からだらだらと汗が流れてくる。

喜一がさらにアクセルを踏んでスピードを出すと、うしろの車はサイレンを鳴らしながらぴったりとくっついてくる。いつの間にかその車の上部に、煌々（こうこう）と赤い光を放つランプがにょっきりと生えていた。

「喜一、ちょっと考えがあるんだ。横につけられる？」

「ちょっと難しいな。一本道だから」

うねうねとうねる一本道を、まるで映画のワンシーンみたいに猛スピードで走る二台の車両。幸い交通量は多くない。フロントガラス越しに見える木々や舗装された山の斜面が、走行方向とは逆方向に次々と流れていく。

喜一はタイミングを見計らってハンドルを操作し、対向車線に車を滑らせると、スピードを落として追ってくる車両と足並みをそろえた。その瞬間にぼくはリュックから取り出したクロスボウを窓の外に向け、タイヤに向けて矢を乱発する。数発のうちの一本がタイヤの側面に刺さり、空気圧を失ったそれは車両のコントロールを奪った。やがて車はスリップしてワッフルみたいな形状をしたコンクリートの斜面に衝突して動かなくなった。

「直したんだ、クロスボウ。車のタイヤは側面が弱いみたいだから」

「やるな、お前」

「喜一、前！」

体勢を戻して視線を前方に戻したぼくの目に飛び込んできたのは、左に曲がる急カーブ。慌ててハンドルを左に切ったが間に合わず、そのまま正面から追跡車両と同じようにコンクリート斜面に激突した。強い衝撃とともにエアバッグが開き、慣性の法則に従って前に出た顔面が深くそれに沈む。当然車はアラーム音とともにスピードを失い、完全に停止した。

「すまん、平気か？」

「うん、大丈夫。大したことない。喜一は？」

衝突してエアバッグが開いたとはいえ車の損傷はそこまで激しくないようで、ガラスも割れていないし、身体に目立った怪我もない。シートベルトによって胸の辺りが少しだけ圧迫された程度だ。喜一もおおむねぼくと同じようで、問いかけに対して「問題ない」と返してくる。

「くそ、まずったな」

どうやら走行機能はまだ生きているようで、喜一がレバーを倒してギアを「R」にし、アクセルを踏むと車はそれに応じてバックを始めた。そのまま車線に戻り、ギアをドライブに戻して前進する。追跡を恐れているとはいえ、事故車両で走行するのは少し不安だ。

「どのみち捨てるつもりだったが、まだちょっと距離があるな……」

「喜一。どうせこの車を捨てるのなら、捜査のかく乱をしよう」

「かく乱?」

「うん。そこの橋を渡って」

見えてきた十字路を右折して橋を渡る。橋を渡った先の突き当たりを右折して、しばらく走行した。衝突地点から一、二キロ程度離れたところでS字のカーブに差し掛かる。

「よし、ここで左折しようとしたけど、スピードを出しすぎて衝突したことにしよう。前の斜面に車両の前面を接触させて。交通事故解析のときに、警察はナビのログを解析する場合があるって本で読んだことがある。ナビで別の場所を目的地に設定しておけば、ぼくたちの目的地を勘違いするかもしれない」

喜一はぼくが言った通りにゆっくりと車を移動させ、対向車線を乗り越えた先にある、山の斜面に車の前面を接触させる。これでカーブを曲がり切れずに衝突したと思わせられるだろう。

ぼくはナビの画面に表示されている「目的地」をタッチした。

「なるほど、じゃあ目的地を反対方向の伊豆(いず)あたりにしよう。これで警察は、俺たちは静岡に向かったと思うはずだ」

「うん」

小細工を済ませたあと、ぼくと喜一は車を出た。

「急いで予備の車を拾おう。やつらも追ってくるかもしれない。歩けるか？」

「うん。大丈夫」

◇

「バカ野郎っ！　お前、自分が何をしたのか、わかってるのかっ！」

「す、すみません」

水原補佐の怒号が室内に響き渡る。僕は身体を縮ませた。

結局あの後挽回することは叶わず、山梨遠征は大失敗に終わった。

意識を取り戻した僕らはすぐに山梨県警に追跡の協力依頼をし、追っているナンバーの車両手配を行った。山梨県警の捜査車両が逃走車両を発見して追跡を試みたようだが、おそらくクロスボウと思われる武器でタイヤの側面を撃たれ、追跡不能へと追いやられた。走行中に事故を起こしたと思われる犯人の車両が数キロ先で見つかったが、運転手や立花望くんの姿はなく、現在も逃走中と思われる。

報告を聞いた水原補佐は沸騰したヤカンのようにかんかんで、禿げ上がった頭に汗を滲ませながら僕を怒鳴りつけた。叱咤は数十分も続き、僕の精神を確実に蝕んだ。

取り逃がした上に、嘉山先輩を人質に取られていたとはいえ反撃すらできずに気絶。僕の独断による深追いで相手の警戒心を強めることに繋がった。これは言い逃れできない僕のミスだ。それ故に何も言い返すことができない。

「で、ですが、立花望くんが逃走時に落としたノートを拾いました。それを調べれば、もしかしたら手掛かりが」

「何が書いてあるっていうんだよ」

「書かれていた内容の大部分は数学のことと釣りの実験記録で……自由研究ノートのようです。ごくたまに日記のように使っていた部分も見られ、その記述の中に『喜一』という名前が登場していることから、立花望くん失踪の件に喜一という名の人物が関わっていることが推測されます」

「で？」

「そ、それだけです」

「それだけの情報で捕まえられたら苦労しねぇよ！」

僕は泣きそうになった。ノートは帰りの道中で何度も見返した。マイナスを挽回できるだけの情報がそこに記されていないことも、ノートを調べたら何かわかるかもしれないという発言が苦し紛れだということも僕が一番よくわかっている。ただ認めたくなかった。今まで積み上げてきたものが無に帰し、挽回するための有効な手段がもはや何も残されていないという事実を。

水原補佐の叱責はその後も続いた。他の捜査員は我関せずという表情でこちらに目を向けようともしない。唯一、バディを組んでいた嘉山先輩だけが僕の隣に立って全力でかばってくれもしたが、沸点に達した水原補佐の前では焼け石に水だった。

「この役立たずが。帰れっ」

一通りの罵詈雑言を浴びた僕は、魂が抜けたようにふらふらとした足取りで事務室を出た。

そこから先のことはあまりよく憶えていない。嘉山先輩に呼び止められたような気もするけれど、どう返したのかもよく思い出せなかった。気づいたら実家一階の椅子に座って天井の黒ずんだシミをじっと見つめていた。

時刻は二十三時を過ぎている。仕事がまだ終わらないのか、母は帰ってきていない。梢はもう寝ただろうか。夕ご飯はちゃんと食べただろうか。

そんな折にスマホが振動する。調査官からの電話だった。電話に出ると、すさまじい説教が炸裂した。スピーカーモードにしているわけでもないのに居間全体に調査官の怒鳴り声が響き渡る。おそらく水原補佐が僕の失態の件を調査官に報告したのだろう。そして怒りを抑えられず電話までしてきたということらしい。僕はただ「すみません」と壊れたロボットのような調子で繰り返すだけだった。

『明日は休みにしておくから来なくていい』

「しかし、自分も何かのお役に立てることがあれば」

『お前に何ができる？　例のノートとやらを調べてやつらの尻尾をつかめるのか？』

「そ、それは……」

『つい先ほど現場から速報があってな。事故車両のナビのログから、やつらのおよその目的地がわかっている。ノートよりはるかに役に立つ情報だ。それを手掛かりに捜査を続行する。だがお前は今後の捜査に参加しなくていい。しっかり反省しろ、役立たず』

調査官は最後にそう言って電話を切った。

通話が終わり、待ち受け画面に切り替わった状態のスマホを見つめたまま、ふう、と大きなため息をついた。胃をきゅうっとつかまれた気分になる。当然食欲もわかない。ただ明日を休日にしてくれたことはありがたかった。明日職場に行ってもきっと何も手につかないだろう。

僕は今日の出来事を反芻した。必死に逃げる立花望くんの姿が脳裏によみがえる。クロスボウで反撃してくるあたり、少なくとも無理やり誘拐されたわけではないらしい。むしろ誘拐犯と行動を共にすることを望み、我々警察を拒んでいるように見えた。よっぽど施設や学校から逃げ出したかったのか、あるいは何かしらの目的をもって誘拐犯に協力しているのか。誘拐犯の目的は何だろう。彼を誘拐して何をしたいのだろう。

ぐるぐると考えていたそのとき、廊下の方から、きし、と木材がきしむような音がした。椅子から立ち、居間と廊下を仕切る横引きの扉を開けて暗闇の中に目を向ける。寝間着に身を包んだ梢の後ろ姿が、三メートル先の闇に浮かんでいた。

「梢？」

梢は足を止め、こちらに顔を向けた。

久しぶりに見た彼女の顔に活力はない。食事は三食与えているはずだが、以前より痩せてしまったように見える。呆れているようでもあり、ただ眠気に耐えているだけのようにも見えた。調査官とのやり取りをうっかり耳にして、気を遣ってその場を去ろうとしたのか、あるいは単に僕が居間にいたから引き返そうとしただけか判断がつかない。

「梢」

「なに」

「その……」

「もう寝る。お休み」

よっぽど会話をしたくないのか、彼女はぷいっと顔を背けると、早足で階段を上っていく。温もりが欠如したそのそっけない態度は、ただでさえ弱り切っている僕の心をへし折るには充分の威力を持っていた。

僕は疲労に満ちた息を吐き、とぼとぼと居間に戻るとソファにお尻を沈めた。絶望的な気持ちで天井を見上げたところで再びスマホが振動する。

悪意を持った人間が僕への攻撃を試みているのではないかと思い、一瞬身体を強張(こわば)らせたが、画面に表示されているのは知らない番号だった。出る意欲が湧かずに放置する。今はそれどころではない。一分後に切れた。そして数秒の間もなく再びスマホが振動する。放置する。一分後に切れる。再びスマホが振動する。

あまりにしつこいので、僕は諦めて通話ボタンを押した。

『よう、熊か。さっさと出ろやボケ』

「ええ……えっと、その声は小春さん？　何で僕の電話番号を知っているんですか？」

『あん？　なんだ、声が暗いな。嘉山から教えてもらったんだよ』

なるほどプライバシーって言葉は絶滅しているらしい。

「どうされました？」

『なあ、ちょっと足になってくれ』

「足に？」

『ほら、山梨で犯人の車両が事故ったらしいじゃんか。交通事故解析のために現場に呼ばれたんだけど、科捜研の公用車のタイヤが今パンクしていて使えないんだよ』

「自家用車で行けばいいじゃないですか。それくらいの融通は利くでしょう」

『私は運転が下手だ』

「だ、だから何ですか」

『お前が運転しろ。確かこの前、交通に行きたいって言ってただろ。いい予習になるんじゃないか？』

「いや、興味があるのは交通機動隊でして、事故解析では――」

『科捜研の駐車場で待ってる。じゃあな。明日の朝七時な』

「ちょっ」

抗議の声を上げる間もなく、ぶつ、と切れる。僕は今日何度目になるかわからない深いため息をついた。まあ、家に引きこもって鬱々と過ごすよりはいいかもしれない。とはいえ、たまたま休日になったからいいようなものの、別の予定が入っていたらどうするつもりだったのだろう。

小春の要求に応えるのなら明日は朝が早い。僕は小春の強引さに呆れつつ重い腰を上げ、脱衣所に向かった。軽くシャワーを浴びたあと、自室に引っ込んでベッドに身を横たえる。いろんな感情が邪魔をしてすぐに寝付けないかと思ったが、意外とすぐに僕の思考は鈍り、あっという間に眠りは訪れた。

翌日、小春が指定した時間の五分前に、科捜研の駐車場に自家用車を停めた。寝ぐせが爆発した状態の小春が例のオーバーオールの作業着姿で現れる。現場に臨むためか、さすがにピンクのサンダルではなくオレンジのスニーカーを履いていた。アルミケースを肩に提げ、登山者のような大きなリュックを背負っている。彼女は後ろの席のドアを開けて荷物を放り投げたあと、助手席に乗り込み、そして、

「頼んだ」

と、おはようの挨拶もなくそう言った。

「おはようございます。えっと、行き先は事故現場でいいですか」

「車両は既に山梨の大月署に移しているらしい。現場じゃなくてまずそっちに行ってくれ」

僕はナビの目的地に大月署を設定したのち、アクセルを踏んだ。

「その、小春さんは今回何をされに行くんです？　事故解析って、交通鑑識が実施するんじゃないんですか？」

警察組織では十数年前から交通鑑識という部署が発足し、交通事故の解析はそのチームが担当しているはずだった。僕は気になって尋ねたが小春は「じきにわかる」と言うだけで詳細を話さない。それどころか、こっくりこっくりと舟を漕ぎ始めた。また夜な夜な何かしらの業務に没頭していたか、あるいは例の火災事件について調べていたのかもわからない。僕は黙って大月署まで車を走らせた。

小春の寝息を聞きながら走行すること約一時間半、山梨の大月署に到着した。駐車場の端の方に、事故車両と思われる車両が停まっており、その周囲に作業着を着た職員が集まっている。どうやら既に見分は始まっているようで、交通鑑識の職員が事故車両の損傷部位の写真撮影を行っているようだった。ちなみに山梨県警の駐車場を借りているだけで担当は神奈川県警である。

事故車両はトヨタのノア。色はブラック。年式は二〇一八年。正面から何かに衝突したのか、バンパーの部分に大きな凹みがある。車両ナンバーの四桁、地名、ひらがなは以前小春がつきとめたものと同じもの、つまり我々が追っていた車両であることを示していた。

「おはようございます、小春さん。起きられたんですね」

ライトブルーのつなぎを着た一人の職員がこちらに近寄ってくる。年齢は四十歳前後だろうか。近寄ってみるとそこまで上背はないが、すらっとした体型と小顔ゆえに縦に長く見える。垂れぎみの目と高い鼻梁(びりょう)が特徴的だ。つなぎと同色のキャップを深く被り、大きな黒縁の眼鏡をかけている。

どうやら小春とは顔なじみらしく、彼らの間に壁はない。

「ふざけろ。ねみぃから、とっとと終わらせて帰るぞ」

車の中でぐうすか寝ていたくせに眠気はまだ取れないようで、小春は欠伸を噛み殺しながらそう言った。

「ええ。今からスキャナーで事故車両をスキャンしますので、少し離れていてください」

「スキャン？　スキャンって何ですか？」

「このレーザースキャナーで事故車両を３Ｄデータ化するんです。突き合わせやスピード解析に使用します」

彼は車両から数メートル離れた位置に設置されているごつい三脚を指さした。三脚には、分厚い広辞苑を二冊くっつけたくらいの大きさの直方体が取り付けられている。どうやらこれがスキャナーというものらしい。

「突き合わせ？」

「今回は対物ですけど、衝突したもの同士の損傷部を合わせると、衝突した角度などがわかるんです。凹んだ量からおよそのエネルギーを計算して、エネルギー保存則や運動量保存則を利用して事故直前のスピードを計算したりもしますね」

数学や物理が苦手な僕は、せいぜいわかったふりをして愛想笑いをすることしかできない。小春はこういう話が大得意だろうなと思って、彼女の表情を盗み見た。だが想像とは裏腹に、期待していた映画が面白くなかったときみたいにむすっとしている。

僕は彼女に耳打ちした。

「エネルギー保存則って久しぶりに聞きました。学校の勉強って何の役に立つのかわからないところがありましたけど、こういうのにも使われているんですね」

「厳密に物理量が測れない時点でただの概算だよ。レシートが残っていない状態で、年間の食費を概算するみたいなもんだ。レシートが残っていたら厳密に計算できるが、そんなものは残っていないから、現状の冷蔵庫の中身を確認して何となく一年分の支出を想像するくらいのレベルだよ。その程度の精度しかない。本来はオーダーが外れてないかの確認程度にしか使えん。くだらん解析の一つだ。この概算数値が鑑定書に書かれるんだ。ニュートンが聞いたら腰を抜かすぜ」

小春はつまらなそうに言った。

「はぁ、なるほど」

よくわからないが、小春が面白く思っていないことだけは伝わった。

「で？　他に参考になりそうな情報は？　ドラレコとか残ってねぇの？」

「ドラレコはないです。取り付けられていた痕跡はあるので、逃走時に取り外したのでしょうね。強いて言うのならナビのログでしょうか。事故当時に設定されていた目的地は伊豆です」

「ふうん。回路系は？　生きてる？」

「生きています」

スキャンとやらが終わったあとの小春の行動は早かった。

小春は僕の車の後部座席から荷物を引っ張り出すと、事故車両の運転席へ、荷物を抱えたまま乗り込んだ。どんな作業をするのか気になって、開け放たれた運転席のドアの近くから車両内の様子を眺めた。

起動したパソコンを太ももの上に置き、ＵＳＢで緑色の弁当箱のような機械を繋いでいる。その緑色の機械からケーブルが伸びていて、ハンドルの右下の位置に接続されていた。彼女が恐ろしい速さでキーボードをかたかたと叩くと、モニターに何やら英文のＰＤＦファイルが表示される。当然僕にはそこに何が書かれているのかはわからない。

「何を読んでいるですか？」

　そう尋ねると、彼女は端的に言った。

「ＣＤＲレポートだ」

「シー、……レポート？」

「エアバッグのコンピューターに内蔵されている、エアバッグ作動時に衝撃を受けた瞬間の車両の状況を記録するＥ・Ｄ・Ｒ（イベントデータレコーダー）っていうシステムがある。記録されるのは事故直前の数秒間における車速、エンジンのモーター回転数、アクセル・ブレーキの踏み具合、加速度、ヨーレート、シートベルトの着用の有無、ハンドルの角度とかだな。現段階ではアメリカと違って全ての車両に搭載されているわけじゃないが、二〇二二年から日本でも義務化される。ちなみにトヨタ車は二〇一二年以降の新車には全て搭載されてるみたいだな」

「は、はあ……」

「で、このＥＤＲの記録を読み出すのにＣ・Ｄ・Ｒ（クラッシュデータリトリーバル）ってのが必要なんだが、これを扱うにはライセンスがいるんだよ。この緑色の機械のことだ。このライセンスを持っているのは今のところ神奈川では私だけ。だから私がはるばる出向いてきたってわけだ」

「な、なるほど……」

「おい、竹部(たけべ)っ！　こっちは終わったぞ。早く現場に連れてけ」

小春は作業内容について早口に説明を終えると、車から飛び出して先ほどの交通鑑識の職員に向かって吠(ほ)えた。

それから小春の希望で現場へと向かうことになった。まだ若い、捜査指揮権すらない彼女の一声で現場が動くのを見るといつも首をかしげたくなる。縦社会の警察組織ではまずありえない異常な光景と言っていい。

僕たちは竹部氏の運転する公用車に乗り込み、現場へと向かった。

車が走り出すのと同時に、小春は後部座席でぐうすかと寝始めた。目上の人に運転させておいて自分が寝てしまうのも普通は死刑案件である。

「科捜研の新人さんですか？」

竹部氏は、走り出して間もなくして助手席に座る僕にそう尋ねた。

「いえ、僕は特殊班の捜査員です。小春さんにいいように使われているだけですよ」

「はは、それはお気の毒に。あなたのことを見込んでいる証拠ですね。会話している様子から何となくわかります」

「そ、そうなんですか？　便利屋みたいにしか見られていないような気がしますけど……」

「彼女、将来性のある若者にはだいたいあんな感じですよ。彼女も入所したてのころは全然活躍できなくて辛そうにしていましたし、できるだけ若手の力になりたいんじゃないですかね」

　今の小春しか知らない僕にとって、彼女が「活躍できなかった」時代を想像することは難しい。当初の彼女にとってそれだけ耐えがたい職場だったのだろう。確かにこの組織には旧態依然とした古い因習がカビのようにこびりついていると感じるときがある。空気を読み、上を敬い、たとえそれが今の時代に合わずとも規則であればそれを重んじるという文化が根付くこの組織では、個の力が強い者にとっては息苦しいのかもわからない。

「今でこそあんな横柄な態度を取っていますが、最初はもっと聞き分けの良い普通の女の子だったんですよ。だからみんな彼女を下に見てろくに仕事を教えなかったみたいですね。女らしくみんなのお茶を汲んでいろとしか言われないって。交通鑑識の部屋に逃げてきてよく愚痴っていました」

「それは……酷い」

今の僕と一緒だ。そう思った。

どこまでも不遜（ふそん）で目上の人にも容赦なく噛みついている小春が「聞き分けの良い女の子」だったと言われてもやはり想像するのは難しい。だがそれが本当だとしたら腑に落ちるところもあった。普段から上司に苦しめられている僕に協力的なのは、もしかしたら彼女もかつては僕と似たような扱いを受けていたからかもしれない。

「極端な性格だなとは思うんですけどね、きっと悪気はないんです。苦じゃないのなら付き合ってあげてください。あ、今日話したことは本人には言わないでね。怒るから。ちょっとしゃべりすぎたかな」

竹部氏はそう言うと目じりに皺（しわ）を寄せて笑った。

現場にたどり着くと、僕は車から降りて外の空気を一気に肺に吸い込んだ。眠っていた小春もようやく目を覚まし、のっそりとだるそうに降車する。

交通量はそこまで多くない。川沿いの道路は数キロ続く一本道で、マップアプリの地図によるとうねうねとカーブが続く。視界の範囲内に人工物は少なく周囲には木々ばかり。露出した斜面にはコンクリート舗装がされていた。

竹部氏は事故車両が衝突したと思われる壁面に僕らを引き連れ、発見当時の様子について説明する。小春は壁面の近くで屈みこみ、何かを探し求めるように地面の上に視線を這わせた。はたから見たら落としたコンタクトレンズを探しているようにも見える。

しばらくすると彼女は立ち上がり、事故車両の発見場所に背を向けて歩き出した。特にすることもないので僕も彼女の後を追う。

結局、小春は発見場所の前後二十メートルくらいを行ったり来たりして道路を観察した。一通り観察を終えた彼女は僕に言った。

「レポートによると、衝突する直前はずっとハンドルを左に切っていた。しかしこのうねるような道路状況と嚙み合わないな。そしてエアバッグが解放された時間はナビで目的地が設定された時間よりも前だ。おそらく偽装だな。おい、本当の衝突場所を探せ。この近くにあるはずだ」

「車両の場所を変え、衝突後にナビの目的地を設定した……？　捜査のかく乱が目的でしょうか。そうだとすると、逆に考えて犯人は伊豆と反対方向、つまり神奈川や東京方面に向かっている可能性が高いということですか？」

「事故状況を説明しただけで、やつらがその後どう動いたかまでは知らん。おい熊、お前も探せ。それっぽいブレーキ痕と、ガラス片や損傷した部品の一部が衝突場所に残されているはずだ」

「は、はい」

どうやら僕に休日はないらしい。もっとも犯人を取り逃がした責任の大半は自分にあるので、逆らうつもりはない。

真の事故現場を捜索すること約一時間、小春の言う通り、発見場所から約一キロ離れた場所で、無数の金属類の破片と、急ブレーキを踏んだときに生じるような黒い帯状の痕跡を発見した。小春によると、レポート内容と道路状況とで整合性が取れるらしい。

もっとも、得られた情報は事故の状況を説明するだけで、捜査を前に進めるようなものではなかった。逆説的に彼らが伊豆に向かっていない可能性は高いだろうが、当然彼らがどこに逃走したのかは不明確なままだ。この山の中では防犯カメラも充分備わっているようには見えず、新たな手掛かりは得られそうにない。

ひょっとしたら小春ならこの絶望的な状況を打開してくれるのでは、と期待していたが物事はそううまくはいかないらしい。捜査終了後、僕は暗鬱とした気持ちを抱えたまま小春と共に山梨を後にした。彼女は帰りの車内の中でもぐうすかと眠っていた。

◇

山梨での交通事故解析に巻き込まれ、体(てい)よく小春の足にされた日の翌日。

スマホのアラームで目を覚ました僕は布団から這い出て、憂鬱な気分をまとわせたまま一階に下りた。顔を洗うために洗面台の前に立つと、げっそりとやつれた自分と目が合った。潤いを失った肌は老朽化したコンクリートの壁面のようで、手入れされていない無精髭はまるでカビのようだ。悪霊にとりつかれているか、あるいは呪われているようにも見える。

母は既に仕事に向かったらしく、居間には誰もいない。静まり返った空間に若干の侘(わび)しさを感じつつ、僕は朝食を作り始めた。

「朝ごはん、作っておいたから。好きなときに食べて」

朝食を食べ終えたあと、二階に上がり、梢の部屋の扉をノックしてそう言った。しかし例によって返事もなければ気配すらしない。毎朝呼びかければ部屋から出てきてくれるかもしれない、という期待はもうずっと前に霧散している。僕は階段を下りて玄関へ向かった。

靴を履き、立ち上がったところで脚が震えた。行きたくない。身体がそう言っている。

時計の秒針がカチコチと時を刻む音だけがやたらとうるさく聞こえる。あと十分以上ここに留(とど)まっていたら電車に間に合わない。でも足が動かない。動かしたくない。職場でなじられる未来を想像しただけで吐き気がしてくる。

最近は上司を見返してやりたい一心でがむしゃらにやってきたつもりだった。結果を出すためならどんな長時間労働や理不尽にも耐えるつもりだった。でも失敗した。這い上がっていた崖の途中で足を踏み外し、一気に底まで転落してしまったような気分だった。本来は味方であるはずの職場の人にちくちくと背中を刺されながら、再び目の前の崖を登り出すだけの気力は今の僕にはない。

しかしだからといって逃げ出すわけにもいかなかった。僕が仕事を投げ出したら熊谷家は貧困まっしぐらだ。つぶれかけている梢に経済面で追い打ちをかけるようなことはしたくない。いや、進学するならまだいい。彼女に進学の選択肢を残してあげるには学費を工面しなければならない。いや、進学するならまだいい。今の状況が悪化して梢が鬱病にでもなったら心配事はお金だけじゃなくなる。梢一人ならまだしも、僕が倒れたらきっと母は過労死するに違いない。

穴の開いたバケツから漏れる水のように、時間が流れていく。

拒否反応と責任感のせめぎ合いで胃が痛みだしたその折に、玄関のシューズボックスの上に一通の封筒が置いてあることに気が付いた。思わず手に取ってみる。

『お兄ちゃんへ』

封筒の表にそう書いてあった。呼び止められたようでどきりとする。

僕は封を解いて中を確認した。中から、隙間なくびっしりと文字で埋め尽くされた紙が五枚ほど出てきた。

お兄ちゃんへ

恥ずかしくて面と向かって話せないから、手紙で伝えるね。時間があるときに、そして私がいないときにこっそり読んでください。

今まで話してこなかったけど、私は今、学校で少しだけ仲間外れにされています。悪気があったわけではないの。ただ部活で一生懸命やっていただけなんだ。一生懸命練習していただけなの。でもそんな一生懸命な態度がみんなにとっては暑苦しくて、あんまり気に入らなかったみたい。

ドラマとかで見るようなわかりやすいイジメはないけれど、私への絶妙な嫌がらせが始まりました。クラスの友達もいるにはいたんだけどね、いつの間にか離れていって、気づいたら独りぼっちでした。ううん。違うか。独りぼっちだから、嫌がらせをされたの。私に共感してくれた子もほんの少しはいたと思うけど、巻き込まれないように離れていった。

多数決なんだなってつくづく思うよ。どれだけ勤勉で立派でも、どれだけ人から褒められるようなことをしても、どれだけ道徳的に優れていても関係ない。特に女の子はそう。自分と同じ色だと味方。それ以外は別の国。私はどの国にも属せなかった。私の身に起きていることは本当に取るに足らない些細なことで、全然大したことなんてないんだと思います。私よりもっと痛めつけられている人たちと比べたら、きっと小さなことだと思います。だから自分が不幸だなんて言うつもりはないけれど、私の心はとても疲れてしまいました。

一度風邪をひいて学校を休んだとき、とても救われた気持ちになりました。学校に行かないというだけでこんなにも心が軽くなるんだとちょっと感動したくらいです。それからちょこちょこ仮病を使うようになったの。でもそれは恐ろしい罠で、休めば休むほど、次に登校するときの足取りが重くなって、気づいたら私は部屋から出られなくなっていました。

自ら安心を求めて学校に行かなくなったはずなのに、欠席が続くと将来に対する不安がむくむく膨れてきて、違う苦しみにさいなまれるようになりました。このままでは一生部屋から出られなくなってしまう、と思って学校には何回か行こうとしたんだけど、制服に着替えて部屋のドアノブに手をかけた途端に身体が震えて、外に出られませんでした。

部屋の中でぼうっとしていると、中学のときの楽しかったことが次々に頭に浮かんできて、何でこんなことになっちゃったのかな、いつ間違えちゃったのかなってぐるぐる考えて涙が止まらなくなるの。お母さんやお兄ちゃんの手を煩わせているのもわかってる。私ってこんなにできない子だっけ。そう思うと情けなくなって、ますます涙が止まらなかった。

そんな私を見かねてか、この前、お母さんが隣町の学校のパンフレットを持ってきて転校を勧めてきたの。私はぎゅっと心臓をつかまれた気になったよ。何も言えずに黙っていたら、「これからどうするつもりなの」って言われて。なんだか急に不安な気持ちが制御できなくなって、八つ当たりした。家をぐしゃぐしゃにしてごめんなさい。お母さんにもあとで謝ります。

今まで私のわがままで迷惑ばかりかけてごめんなさい。きっとお兄ちゃんにはすごく心配をかけているし、私がこんなんだから、大変な思いをさせてしまっていると思います。本当はもっと自分のために時間やお金を使いたいはずなのに、私のために、家族のために働いてくれて、感謝してもしきれません。ありがとう。今まで何も聞かずに私を見守ってくれてありがとう。勉強もしないで閉じこもっているだけの私を見捨てないでいてくれてありがとう。おいしいご飯を作ってくれてありがとう。

このままお兄ちゃんの優しさに甘えたままじゃダメなことは、私が一番わかってる。わかってます。

だからね。私、もう少しだけ、がんばってみる。

学校に行ってきます。

友達もいないし、勉強も退屈だし、どういうわけか、今通っている学校は私に優しくできていないみたい。たぶんこれから卒業するまでに良いことなんて何一つ起きないけど、私、逃げずにがんばるよ。転校はしなくてもいいです。お兄ちゃんは無理しなくていいって言ってくれるけど、くじけかけた環境でちゃんとやれたら、この先ずっと大丈夫って自信が持てるだろうから。私は今この場所でなんとかやってみるよ。

私はきっともう大丈夫だから、お兄ちゃんは無理をせずに少しだけ休んでください。もしも家族のために自分を犠牲にしているのなら、それは巡り巡って家族をきっとダメにします。その優しさは別の誰かのために使ってください。私はもう大丈夫。大丈夫です。

梢より

追記

お兄ちゃんがこの世の誰よりも警察官にふさわしいということを、私は知ってるよ。

最近帰りが遅いのもお仕事をがんばっているからでしょ？　普通、そんなにがんばれないよ。お兄ちゃんが役立たずなんて、絶対そんなことない。絶対に間違ってる。きっとお兄ちゃんの上司は勘違いしているんだと思います。お兄ちゃんのがんばりは、絶対誰かのためになっています。妹の私が言うのだから、間違いないです。

手紙を読み終えた僕は放心状態でしばらくその場から動けなかった。

やっぱり、一昨日の調査官との電話のやりとりを聞いていたのか。

あの日の出来事が具体的に梢の何を変えたのかはわからない。僕としてはただ怒れただけで、学校へと向かわせるほどのものがあったとは到底思えない。けどよく見たら梢の靴が玄関からなくなっているし、どうやら彼女が家の外に出ているのは間違いないらしかった。

「あれ……」

どういうわけか目じりから涙が溢れ出してくる。それは重力によって下に引っ張られ、頬からあごへ伝い、ぽたぽたと手紙に滴って梢の字を滲ませた。

警察官になってから今に至るまでの間に、数々の理不尽によって埋もれてしまっていた初心がよみがえるかのようだった。

僕は思い出していた。

なぜ、警察官を志したのかを。

警察官の何に憧れ、どんな姿になりたかったのかを。

どんな人の助けになりたかったのかを。

◇

気づいたら僕は家を飛び出して走り出していた。

電車に乗ったところで妹の手紙をまだ固く握りしめたままだったことに気づき、きれいに折りたたんで胸のポケットにしまいこむ。手紙の内容を思い出したら自然と涙が出てきて、僕は声を殺してまた泣いた。涙と鼻水でぐちゃぐちゃになった僕の顔面を見かけた人は不審に思ったに違いない。日本大通り駅に着いたところで一度冷静になり、トイレの手洗い場で顔を洗った。

本部に行くときとは反対方向の三番出口から外に出て、急ぎ足で中華街の方向へ向かう。これで定時に出勤できないことが確定したが、そんなことはもうどうでもよかった。

通行証をカードリーダーにかざして門をくぐり、急ぎ足で科捜研の中に入った。一階のロビーを通過しようとしたところで、そこにいた初老の男性が愛想のいい表情を浮かべて手を振ってくる。僕は思わず足を止めて彼を見た。

「あ、えっと……」

ライオンのたてがみのようなボリューミーな白髪。ミイラのように痩せていて、爬虫類のようなぎょろりとした目つき。「ひげ爺」という呼び名は頭に思い浮かぶものの本名が思い出せず、僕は少し戸惑った。彼は僕と目を合わせると、目じりに皺を蓄えてほほ笑んだ。

「ずいぶん逞しくなったな」

「え？　そ、そうですか？」

どちらかというと失敗してへこたれて、逞しくなったというより弱体化しているような気がしないでもないのだが、ひげ爺はうんうんと頷いて、久しぶりに姪や甥を見た親戚の叔父さんのように、しきりに「大きくなった」と繰り返し僕を評した。

「小春ちゃんならいつもの部屋にいるはずだよ。頑張り屋さんだからの」

「は、はあ」

「あの子は強いが存外脆い。君みたいなのが支えてやってくれると、うれしいんだがね」

「あの、さっきから何を……」

どちらかと言うと、僕が支えるというよりいつも支えられている立場である。科捜研の職員を僕ら警察官が支えるというのもあまり表現としてしっくりこない。言っていることの意味が理解できず、僕は首をひねった。

「まあいい、行きなさい」

僕は頷いてひげ爺と別れ、階段を一段飛ばしで駆け上がる。物理係の扉をノックして開けると、いつものように北条が僕を迎えた。そして彼もまた僕の訪問の目的が小春であることを察したようで、「小春さんなら鑑定室にいますよ」と言って、鑑定室の扉を指さした。

僕は鑑定室に入った。小春はパソコンの前の椅子の上であぐらをかいて、キーボードをかたかたさせている。相変わらずボブカットの髪はぼさぼさで、徹夜明けのように両目は充血していた。

「小春さん、お願いがあります」

「なんだよ朝っぱらから。騒々しいやつだな」

彼女は僕に気づくなり、不機嫌そうに眉を寄せた。

「僕ともう一度、児童養護施設『ポンプラム』の火災現場に行ってほしいんです」

「はあ?」

僕は彼女に近づいて深々と頭を下げた。もうなりふり構っていられない。

「立花望くんが逃走時に落としたノートを回収し、内容を確認しました。内容は主に数学と釣りの記録です。このノートの表紙に書かれていた通し番号は十四。ひょっとしたら十三番以前のノートは施設に焼けずに残っているかもしれない。望くんの誘拐には何か目的があるはずです。おそらくですが犯人は望くんの何らかの才能に気づき、それを利用しようとしている。それが何かはわからない。でももしかしたら現場にまだ何か残っているかもしれない。そのヒントがまだ焼けずに残っていたら」

僕はまくしたてるように言葉を繋いだ。

「僕が思うに望くんの数学力がカギになってる。彼には天才的な数学のセンスがあったと聞いています。誘拐犯はおそらくそれに目を付けた。でも、仮に現場に誘拐の動機を示す何かしらの証拠が残っていたとしても僕では判断ができない」

「希望的観測が過ぎるな。火災の残骸も片付けられているかもしれねーし。仮に残っていたとしてもお前の望むような情報は書かれていないかもしれない。動機がわかったところで話が進むわけでもないだろ。それに私は別に数学の専門家ではない」

小春が淡々と言う。彼女の指摘はもっともで、現場に行ったところで無駄足になる可能性の方が圧倒的に高いだろう。やっぱりだめか、諦めかけたその時に彼女はこう続けた。

「……けど、まあ、そういう頭の悪いパワープレイが、私は意外と嫌いじゃなかったりする」

僕は顔を上げた。何か面白い遊びを思いついた少年のように、にんまりとした小春の顔がそこにあった。

「目的意識はもちろん重要だ。けどな。意外とがむしゃらに取ったデータから何かわかることもあるんだぜ。その気概、私が買ってやるよ」

「それじゃあ……」

「ああ。準備しろ。帰りに小籠包食べ放題な」

「あれ、甘いものじゃなくていいんですか？」

「ああん？　あのな、別にキャラ付けのために甘いもん食ってんじゃねえんだぞ。私は甘いものが好きじゃなくて美味いものが好きなんだ。そこんとこ勘違いすんなバカ」

「なるほど……わかりました。終わったら中華街に行きましょう。無限に食べてください」

「言ったな。いいぜ、破産させてやるから覚悟しろ」

どこまでも男前な小春の対応に、一度引っ込んだ涙がもう一度涙腺から出てきそうになる。さまよい続けていた闇の中でふと救世主が現れたかのようだった。

彼女がぴょんと椅子から立ち上がった瞬間、「待て」と威圧的な声が辺りに響いた。

鑑定室に権田がのしのしと入ってきて、小春を睨んだ。彼の両目から放たれる冷たい視線に水原補佐と似た雰囲気を感じ、僕は身体を縮ませる。

「なんか用か堅物ジジイ」

語らずとも彼が僕らの行動に対し異を唱えているのは明白だった。小春はひるむことなく好戦的な視線を投げて二人の間に火花を散らしている。体格差は大人と子供くらいあるが、迫力はなぜか互角だ。

僕は小春を制し、彼の前に立った。相手の目を見てから深々と腰を折る。

「お願いします。小春さんの力が必要なんです」

「そちらの部署から正式に依頼書を出していただかなければ困りますな。うちにもルールがあるんでね」

落ち着いた渋い声が、僕の鼓膜を静かに威圧した。

彼の言うことも一理ある。というか組織で働く上ではそれが道理だろう。でもここで引き下がったら僕はまた特殊班のお荷物に逆戻りだ。僕はもう周囲の目を気にしながら電話番をする気はない。

「た、例えば」

僕は折った腰を元に戻し、そしてはっきりと言った。

「すぐ目の前に車に轢（ひ）かれそうになっている人がいたとして、書類が間に合わないという理由で、助けるのをためらいますか？」

癇に障ったのか、彼の片方の眉がぴくりと上がる。

「そこまで緊急性があるものですかね」

「それを判断する時間すら惜しいんです」

「残念だったな。もうこいつは折れねえよ。悪いが私はこいつの肩を持つぜ。書類のために仕事してんのならとっとと辞表を書けよ、窓際オジサン！」

僕の口答えに小春の追い打ちが重なることで、彼の顔が徐々に赤くなり、眉間に深い皺が刻まれていく。彼は近くにあった棚を蹴飛ばすと、「結果が出なかったときには覚悟しろよ」と言って僕を脅した。

僕は一瞬だけ最悪の未来を想像して気を悪くしたが、首を振って雑念を頭から追い出した。望むところだ。もともと僕の失敗がこの現状を作ったのだ。もし結果が出なければ潔く辞表を書いてやる。ルールを逸脱するからにはそれくらいの覚悟で挑むべきだろう。

もっとも感情と身体の反応は一致してくれないようで、僕の脚は少し震えていた。僕はぎゅっとこぶしを握り、強く下唇を噛む。そして少し落ち着いてから、「恩に着ます」と言って再び頭を下げた。

小春は「モノに八つ当たりしかできねー無能なんかに頭なんて下げんなバカ。バカがうつったらどーすんだバカ」と、「バカ」を連発してきたが、僕はしばらくそうしていた。

◇

その後、僕らは手早く準備を済ませ、科捜研の公用車に乗って現場に向かった。タイヤがパンクしていたという話だが、トランクスペースにスペアがあったらしく、僕らが山梨の現場に行っている間に別の職員が交換してくれたらしい。特殊の事務室には行きたくなかったので、現場用の長靴とヘルメットは北条のものを、作業着は別の係の身体が大きい人から借りた。

車の運転中、スマホが鳴り止まなかったが、僕は無視した。無断欠勤なんてしたことがないので恐怖しかないが、どのみちうまくいかなければ辞める覚悟だ。今の僕にとって一度や二度の無断欠勤なんて怖くない。

「ポンプラム」に到着し、数か月前に臨場したときと同様に近隣の駐車場に車を停めた。夏の盛りは過ぎているが、天気は良好で太陽はぎらついている。そんな元気いっぱいの太陽光に曝されながら長靴とヘルメットを装着し、僕らは敷地に入った。

数か月経った今も現場には人の手がさほど加わっていないらしく、その外観は当時とほとんど変わっていない。焼けてむき出しになってしまった建物の骨格。うず高く堆積した黒焦げの残骸。我々警察が出火原因の特定をするために掘り起こしたところ以外は、消防が鎮火したそのときの状態のままで時が止まっている。

「そういえば、これって誰が片付けるんですか？」

「民間ならその所有者。こういう施設だと誰がやるんだろうな。私も知らん」

　現場に行きたいと言ったのは自分だが、そういえば勝手に入ったら不法侵入になるんじゃないかと急に不安になってくる。そんな僕の心情を察したのか、小春ははき捨てるように言った。

「いーんだよこういうのは、堂々としてれば。追加調査ですって言っておきゃ問題になんねーよ」

「はあ……」

　小春の図々しさが時々羨ましい。

「よっしゃ、じゃあとっとと始めんぞ」

　望くんが使用していた部屋（があったと思われる場所）に移動し、発掘作業を開始した。出火原因の調査と同時に遺体捜索をしたおかげで大きな瓦礫（がれき）はある程度撤去されているが、一階の物品を漁（あさ）るにはもう少しだけ灰掻きと整理が必要だった。今回は出火原因を探索するのが目的ではなく繊細な作業は求められないので、大きなスコップを使ってがんがん掘り進める。

灰掻き作業を大急ぎで終わらせたのち、僕は黒焦げになった本棚から、書物らしきものを一冊抜き取った。書物の表面は黒焦げではあるが開いてみると中身は焼けておらず、まだ判読が可能だ。学校の教科書のようだ。全焼の場合、てっきり全て灰になってしまうものかと思っていたが、意外とそうでもないらしい。これなら目的のノートの中身も無事かもしれない。

相部屋ということもあり、その後教科書やノート類が大量に発掘された。やはり、その表面や縁が焦げていたり、水でふやけていたりしたが、中身は辛うじて無事だ。発掘したそれらを一箇所にまとめてちょっとした山を作り、一つ一つ中身を確認していく。

「ないな」

「ええ……」

立花望くんのものと思われる教科書やノートはちらほら出てきたが、目的の研究ノートのバックナンバーらしきものは見当たらない。期待が外れ、絶望感が沸き起こる。

「どうする、熊」

「場所を、変えましょう」

「場所を変えるって言ってもお前、どこにだよ」

僕は必死になって考えた。部屋からノートが見つからなかった以上、ここから先は勝ち目の薄い博打に近い。だが、いくら可能性が低くてもここまできて今さら諦めるわけにはいかなかった。ここで諦めたら今まで積み上げてきた何もかもが本当に無駄になり、そして僕が組織の中で安心して呼吸できる場所は根こそぎ壊滅するに違いない。

「学習室があったはずです」

苦し紛れにそう言った。

児童養護施設「ポンプラム」のホームページで間取りは事前に確認済みだ。望くんの部屋の近くに学習室のような場所があったはずで、もしかしたら使用済みノートもそこにあるかもしれない。希望的観測なのは理解している。だがそもそも勝ち目が薄いことを承知で始めた再捜査だ。苦し紛れは今に始まったことじゃない。小春もその状況を理解しているのか、文句ひとつ言わずに頷くだけだった。

僕らは場所を移した。間が悪いことに学習室も出火源から近く、ほぼ全焼に近い。まずは二階や三階、屋根から落ちてきた瓦礫の撤去をしなければならなかった。学習室の広さは出火源になった倉庫よりも広く、床面積は倍以上。倉庫から瓦礫を撤去するのに十数人がかりで数時間かかっていたことを考えると、作業にはかなりの時間を要するだろう。

「小春さんは、疲れたら休んでください。こういう力仕事は僕がやります」

「ふざけろ。女だからって舐めんじゃねーぞ。二人でさっさと終わらせんぞ」

小春がそう言いながら、汚れた長靴で僕の尻を蹴っ飛ばしてくる。防塵マスクのせいでその表情は読めないが、きっと不敵な笑みを浮かべているに違いなかった。

たった数か月の短い付き合いだが、小春というキャラクターを少し理解できたような気がした。合理的で探求心が強く、年功序列の組織で上長をねじ伏せるだけの実力を備えているのは言うまでもなく、その聡明さから推測するにほんの少しの非合理すら嫌っているのかと思いきや、未熟でも前に進もうとしている人にはとことん真摯で、時として労働基準法すらも無視するほどの情熱をもって接してくれる。きっとそういう人だ。小春の傍若無人な側面を疎ましく思う人が組織内に一定数存在する一方で、彼女を好意的に支持する人間がいるのはきっとこういう一面があるからだろう。

途中でお昼休憩を挟みつつ、作業を続けること約八時間。太陽は容赦なく西に傾いていき、辺りは徐々に暗くなる。そろそろ潮時か、と諦めかけたときにぱっと手元が明るくなった。光源に目を向けると、小春のおでこ辺りが光っている。

「ヘルメットにライトがついてる。お前も点灯しろ」

北条から借りたヘルメットには、洞窟の探検家のそれのようにヘッドライトが装着されていた。小春の言う通りにそのライトを点灯すると、自分の視線の先が明るく照らされる。

僕は彼女から捜査続行の意思を読み取り、嬉しさと、申し訳ない気持ちとで胸がいっぱいになる。警察官のように交代制ではない科捜研職員には終業の定時がある。公務員の給与が税金から出ている以上、働けば働いたぶんだけ残業代がもらえるというシステムにもなってない。

「これ以上はお前がもたないだろ」

小春が唐突に言った。

「へ？」

「無断欠勤に独断専行。特殊にお前の居場所はない。違うか」

「……おっしゃる通りです」

「だったら一秒でも早く手柄をあげるぞ」

「小春さん」

「なんだよ」

「小籠包、楽しみにしていてください」

「結果を出してから言え、そういうのは」

それから一時間後、学習室の入り口から一番遠い壁際に複数のカラーボックスが並べて設置されているのを発見した。カラーボックスの中には問題集やノートらしきものが収納されている。試しに一冊適当に取り出して開いてみる。表紙に近いページは水で滲んだり焼けたりしているが、中身のほとんどは燃えていない。充分に判読可能だ。

カラーボックスを片っ端からひっくり返して全ての書物を調べたところ、表面にマジックで「立花望」と書かれた赤色のノートが数冊見つかった。内容を確認するためにページをめくると、まるで呪文のように書き連ねられた数字や記号たちが目に飛び込んでくる。

なぜここに望くんのノートがあるのかは判然としなかった。児童それぞれにカラーボックスが割り当てられていたのかもしれないし、望くんが共用スペースに勝手に自分のものを置いていたのかもしれない。いや、今はそんなことはどうでもいい。追い求めていたものを手にして、僕の身体は震えた。

「やった、見つけた。見つけました」

「見せろ」

小春が駆け寄ってきて僕の手からノートをひったくると、汚れたゴム手袋を外し、ページを一枚ずつめくっては顔を紙面に近づけて中身を確認していく。僕のヘッドライトに照らされる彼女の顔は、煤で真っ黒になっていた。

あるページで小春の手が止まった。防塵マスクをしているせいで顔の半分以上が隠れているにもかかわらず、険しい表情をしているのがわかる。僕は彼女の手元を覗き込んだ。彼女の視線は、開いたページの上部に記された桁の大きな数字に注がれている。

『7565896577657573777372737579』

「その数字がどうかしたんですか?」

「いや、この数字はおそらく本質ではないが……この内容、一つ思い当たることがある」

# 第四章
# 秘密の鍵の作り方

奈緒の様子を見に、その日の午後から病院を訪れていた。

患者用のベッドに上体を起こして座る奈緒の表情は明るい。妻によく似たぱっちりした目が元気に瞬き、長いまつ毛が上下に揺れていた。お餅のようなほっぺたはほんのりと赤く染まっている。もともとショートの長さだった栗(くり)色の髪が肩甲骨まで伸びており、長い入院生活を見る者に想像させた。

拘束型心筋症は、心臓の筋肉が徐々に硬くなり拡張障害を起こす難病だ。発症後の進行は早く、小児の二年生存率は50％と言われている。今日は比較的調子は良さそうだが、確実に今も彼女の命の残量は減り続けている。

「ねぇパパ、あれ観たい」

「いつものやつ？」

「うん」

最近お気に入りのアニメを見つけたらしく、同じエピソードを繰り返し観ることが半ば習慣になっている。カバンからタブレットを取り出し、配信登録制のストリーミングサービスのアプリを起動した状態で渡した。奈緒はひったくるようにしてタブレットを奪い、慣れた手つきで操作を始める。

ワイヤレスイヤホンを彼女の太ももの上に置き、装着を促したが、彼女は首を横に振った。耳に何かを入れるのがあまり好きではないらしい。

「そんなに面白い？」

「うん」

近未来の日本を舞台にしたＳＦもので、警察のようなポジションで働く主人公が犯罪者と戦うアニメだ。奈緒の好みは年齢にしては珍しく、同世代の女の子が好むようなアニメは逆にあまり観ない。

「パパの仕事みたいだね」

「そうか？」

「パパはどうして数学が好きなのに警察の人になったの？」

思いがけないタイミングで絶妙に答えにくい質問が飛んでくる。あまり適当なことを言って、流されるように生きてきた自分の意志の弱さを見せたくはないが、かといって納得してもらえるような回答はすぐには思い浮かばない。どうやって答えたらいいものかと数秒の間頭を悩ませた。

職業として警察を選んだことに特に大きな理由はなかった。強いて言うのなら警察官の父の影響だろう。そもそも学んでいた数学を直接活かせる職業は大学の研究者か教員くらいしかない。数学とはまったく無関係の民間企業の従業員、あるいは公務員が数学科の卒業生のほとんどが行きつく先である。

研究者になるには能力が足りず、人にものを教えられるほど人間ができている自信もなかった。特に大きな理由もなく、言うなれば消去法で、父の働きぶりから何となく未来を想像しやすかった警察を選んだに過ぎない。

「うーん、そうだね。正義の味方になりたかったからかな」

苦し紛れにそう言うと、奈緒は首を傾げた。

「子どものときからなりたかった？」

「まあ、そういうわけじゃないんだけどね。奈緒は、大きくなったら何になりたい？」

「私はね、パン屋さんかな」

奈緒は屈託のない笑みを浮かべ、将来の理想像を口にする。

どんな手段を使ってでもこの子を救いたかった。たとえ世間を敵に回すようなことがあっても、この子の命が救われるのなら、どんなことでもするつもりだった。それだけの覚悟があった。

「そうか、パン屋さんになったら、パパ百個くらい買っちゃうぞ。だから早く元気になろうな」

声が震える。この子の前では絶対に泣いてはいけないと思いながらも、涙腺が緩むのを自覚した。幸い奈緒の注意はタブレットに戻り、アニメに夢中で父親の異変には気づかない。

枕元に吊るされた千羽鶴が空調の風に吹かれ、さわさわと微かな音を立てて揺れていた。

◇

本部に到着したとき、時刻は二十二時を過ぎていた。小籠包を食べていたからこんな時間になった、わけではなく、例のノートを見つけた時間がそもそも遅く、現場を出発する時間が遅れたのだ。最後の方は休憩もろくに取っておらず、小籠包どころか何も食べてない。

こっそりと特殊班の事務室の扉を開ける。幸い僕の天敵である水原補佐や調査官の姿はない。

デスクで何かしらの作業をしていた嘉山先輩が僕の存在に気づくと、血相を変えて近寄ってくる。

「おい、お前、どこに行ってたんだよ。何度も電話したんだぞ。補佐、かんかんだったぞ」

「火災現場に行ってました」

「は、はぁ?」

もしかしたら身体の疲労がピークに達していたのかもしれない。入室しようと足を前に踏み出したそのとき、入口のわずかな段差につまずいて僕は前に倒れた。抱えていたダンボール箱が床に落ち、中に入っていた複数のノートと煤に塗(まみ)れた真っ黒の泥が床に散らばる。

「おい、大丈夫か」

「すみません、ほうきと塵取(ちりと)り、持ってきます」

慌てて身を起こし、自分のデスクへと近寄ると、引き出しの中に入っていた卓上用の小さなほうきと塵取りを手に取った。

嘉山先輩は床に散らばったノートの一冊を拾い上げ、興味深げにその表紙を眺めている。

「それは『ポンプラム』の現場に残っていた立花望くんのノートです。彼が誘拐された動機を解明するヒントになるかもしれない。動機以外にも何かわかるかも。今からこれを科捜研で小春さんと精査するんです」

「これから？　小春先生も？」

「ええ。小春さんがシャワーを浴びる時間が欲しいとのことだったので、三十分後に集合することになっています」

「いや、あのな……動機がわかって何になるっていうんだよ」

僕は転んだ場所に戻ると、身を屈めて床に落ちていたノートをまとめ、再びそれらをダンボール箱の中に戻した。そのままの体勢で床に散らばった泥をほうきで集めていく。

「なぁ、悪いことは言わない。もうこれ以上、補佐や調査官を刺激するな。おとなしくしてろ。辛いのはわかる。でもどうせ二年もすれば異動できる。まだ若いんだ。ここでキャリアを潰すようなことは絶対するな。大人になれよ」

「引けません」

僕はきっぱりと言った。

「正義感を押し殺し、できることを放棄して電話番に甘んじることが大人になるということなら、僕は大人になんてなりたくありません」

「ばかやろうっ」

嘉山先輩が鬼の形相をこしらえて、怒鳴り声を僕の鼓膜に浴びせた。彼が怒鳴ったところをついぞ見たことがなかったので、冷水を浴びたときのように身体が硬くなる。

同じ怒りでも水原補佐や調査官のそれとは幾分種類が違い、彼が僕のために声を荒げているのは充分に理解できた。「現場を漁れば何かわかるかもしれない」という、すがるような思いで悪あがきをする今の僕はさぞ見苦しいことだろう。自棄を起こして人生を棒に振っているように見えているのかもしれない。

「俺は、お前に辞めてほしくない」

怒りに染まった彼の顔面がゆっくりと弛緩(しかん)して、いつもの穏やかな表情が戻ってくる。嘉山先輩は、自分を落ち着かせるように深く息をついてからそう言った。聞き分けの悪い子供が制御できなくて困り果てている父親のように見えなくもない。

「結果を出せばまだ生き残れます」

「ばかやろう……」

僕がもう折れないとわかったのか、彼はわかりやすく肩を落として僕に背を向けた。嘉山先輩にまで見捨てられたような気がして、胸が張り裂けそうになる。

いや、これでいい。今の僕に周囲からの承認は必須ではない。ほとんど孤軍奮闘と言ってもいい今の状態で一人味方が増えてもおそらく戦況は変わらない。今の僕にとって重要なのは味方の数ではなく結果だ。結果さえ出せばすべて丸く収まるはずだった。そう信じていた。

僕は事務室の東側の壁に設置された自分のロッカーを開け、ストックしている着替えを手に取った。本部の六階には、柔剣道の稽古のあとや夜勤明けの人が利用するシャワー室がある。異臭には慣れたがさすがに泥だらけのまま科捜研にお邪魔するのは忍びない。

僕は、自席でうなだれる嘉山先輩に「シャワー室、使いますね」と声をかけてから事務室を後にした。返事はなかった。

◇

事故車を乗り捨てたあと、ぼくと喜一は徒歩で山道を進み、およそ一時間かけて山小屋みたいな場所にたどり着いた。小屋の近くにぼろぼろの軽トラックが雑草に埋もれるようにして停まっている。

おそらく元は白色と思われる塗装は泥と錆によって汚れている。また、よっぽど運転手の腕が良くなかったのかあちこち凹んでいた。ほとんど廃車同然のような見た目をしていて、乗るのが不安になったが、今頼れる足はこれしかない。ぼくらはその軽トラックに乗り込むと、八王子(はちおうじ)へ向かった。

先ほどのドラマのワンシーンのような激しい逃走劇を思い返しつつ、走行中、ぼくは喜一に尋ねた。

「さっきのって警察だよね？」

「たぶんな」

運転席と助手席の間にあるシフトレバーをがちゃがちゃと慣れない手つきで操作しながら喜一が答える。作業に集中したいのかそれに続く言葉はなかった。

ぼくが生きていて、かつ山梨にいることをなぜ警察が知ることができたのかを考える。火災現場に何かを残していた？　あるいは橋本駅周辺で誰かに見られていた？　二分ほど経過したところで思考を放棄する。答え合わせができない以上考えたところで意味がない。

道中は不安で眠れず、かといって、何かして暇をつぶそうにも集中できる気がしない。いつも飄々として余裕をかましている喜一も少しだけぴりついているように見える。

外の景色を見ながら、警察に捕まえられて、神奈川の生活に逆戻りすることをふと想像した。口に詰められた雑巾の味、画鋲が突き刺さったお尻の痛み、ナメクジが入った給食の味噌汁を強引に飲まされた苦い記憶……。次々に嫌な過去が思い出されて気分が悪くなってくる。

渋滞にはまったり、カメラの少ない道を通るために意図的に遠回りしたりしたせいで思った以上に移動に時間が掛かり、八王子のビジネスホテルに到着したときには時刻は十八時を過ぎていた。

外に出るのはなるべく控えようという話になり、行きがけにドライブスルーで購入したハンバーガーを持ち込んで夕飯として食べることにした。もっとも食欲なんてわくはずもなく、目の前に置かれたハンバーガーをただ黙って見つめることしかできない。

「食わないの？」

　喜一がポテトを頬張りながら尋ねてくる。

「食欲がないんだ」

「心配なのはわかるが、大丈夫だ。逃げ切れる」

「本当に？」

「ああ、本当だ」

「ぼく、嫌だよ。元の生活に戻るのは」

「わかってる。今週中に、公彦おじさんと会って今後の作戦を考えるんだ。公彦おじさんならきっといい作戦を考えてくれるはずさ。仮に見つかって追っかけられても、俺が返り討ちにしてやる」

　落ち着いた様子の喜一を見て少しだけ心が軽くなる。山梨まで追って来た警察官を返り討ちにした喜一の立ち回りや彼の戦闘力の高さを思い出し、確かに喜一がいれば何とかなりそうだという気になってくる。ぼくはようやく胃に何かを入れられる気になり、目の前のチーズバーガーの包装紙を剝いた。

「望、お前、将来どうしたい」

「なんだよ、急だな」

「聞かせてくれないか。俺はお前みたいな未来ある若者の夢を聞くのが好きなんだ」

喜一はベーコンレタスバーガーにかぶりつきながらそんなことを言う。

「ぼく？　ぼくは……まだ決まってないよ」

ぼくはごにょごにょと言った。

大人になったときのことなんて想像できないし、したくない。学校に居場所を作れなかったのだから、きっと社会のどこにもぼくの居場所なんてないだろう。夢を掲げたとしてもあっという間に潰されてしまうに違いなかった。

価値観の違う誰かと関わらなければ得られないのなら、富も名誉も特別欲しいとは思えなかった。ひっそりと穏やかに、好きなものに囲まれて生きていけさえすれば多くを望むつもりはない。

「ぼくはこれから先もずっと今のままがいいな。この前公彦おじさんが、全部うまくいったら、何らかの方法で戸籍を買い取って、養子みたいな形でぼくを引き取れないか検討するって言っていたし、不可能じゃないと思うんだ」

「俺たちと一緒にいたいって言うのならそれでもいいけどさ、数学得意なんだし、博士になっちゃえよ」

「数学の博士？」

「そうだ。有名な博士になるんだ。日本の、いや世界の科学技術の進歩に貢献するんだ。きっと大勢の人のためになる」

「なれるかな」

ぼくは自分が博士になる姿を想像したが、あまりうまくできなかった。博士になるということは大学を卒業しなければならないだろう。大学に行くということは、残りの小学校生活、中学高校、大学合わせると十年以上学校という空間で過ごさないといけないわけで、やはりそれはぼくにとってとてつもなくハードルが高いように思われた。

「喜一こそ、将来どうなりたいの？」

「ん？」

ぼくが尋ねると喜一は片方の眉を上げた。

「喜一がどうして公彦おじさんに協力しているのかは、前に聞いたよ。恩があるから娘さんを助けたいんでしょ。でもそれは何年もかかる話じゃない。喜一はそのあとどうするの？」

「笑わないで聴いてくれるか」

「うん」

喜一はMサイズのコップに入ったコーラをじゅごご、とストローで飲み干すと、真剣な表情でこう続けた。

「俺は学校の先生になるつもりだ」

「先生？　いいよ、それ、絶対いい！」

「でも俺さあ、子供のときに全く勉強してこなかったし頭も悪いから、今から教師を目指すのは無謀かなとも思うんだよなぁ。ちょっとずつ勉強はしてるんだけど」

「いや、全然無謀なんかじゃない。絶対いいよ。数学ならぼくが教えるよ。それ以外の科目は公彦おじさんに聞けばいいし。喜一みたいな先生がいたら、きっとこの国は良くなる」

「はは、大げさだなあ」

喜一は照れ臭そうにはにかんだ。

食事を終えたぼくらは順にシャワーを浴び、すぐにベッドに入った。

希望に満ちた将来の話をしたせいか、抱いていた不安が相対的に小さくなって、全く眠れないという事態にはならなかった。ぼくは眠りに落ちるその瞬間まで想像した。自分が数学の博士になることを。喜一が学校の先生になることを。ぼくが取り組んだ数学の研究が何らかの科学の発展に繋がり、世界中から称賛される瞬間を。喜一が赴任した学校でいじめがなくなって、ぼくみたいに孤立する少年少女がいなくなる未来を。それぞれの道を歩んだあとに再会し、さらにその先の輝かしい未来について語らうことを。

◇

昨日と同様に科捜研に直接出勤すると、科捜研が所有している公用車の運転席に乗り込んで、いつでも出発できる状態で待機した。助手席には相変わらず眠そうな顔の小春が座っている。例によってデニム生地の作業着を着こなし、肩まで伸びたボブカットヘアをうしろで小さく縛っていた。

車は日陰に停まっているものの冷房が効いていないと熱中症になりかねないので、エンジンをかけてクーラーを全開にしている。

起動したスマホのアプリの画面を定期的に確認し、出発のタイミングを見計らう。液晶画面にはマップが表示され、発信源の位置にピンが立っていた。

「そろそろ教えてくれませんか、小春さん。僕、まだ完全に理解できていないんですけど」

ダッシュボードの上に両足を乗せてくつろいでいた小春にそう尋ねた。ピンクのサンダルはオレンジのスニーカーに履き替えられている。

「立花望のノートの一部に離散対数問題の記述が見られた」

「離散対数問題？　何ですかそれ」

「DH鍵共有法などの暗号技術に応用されている数学の問題だよ」

「はあ、暗号技術ですか」

　DH鍵共有法。聞いたこともないし、その字面から何を意味しているのか想像することすらできない。およそ呪文である。ただどことなく難しそうな匂いを発しているような気がして、自分から聞いたくせに僕は少し気分を暗くした。

「何となく想像はついているだろうが、暗号化っていうのは第三者に情報が盗まれないように元のデータや通信内容を不規則な文字列に変換する処理のことだ。普段何気なく使っているインターネット通信にも当然使われている。例えば誰かがお前にラブレターを書いたとするだろ。送り主は誰にも内容を知られたくないから、見られたとしても内容が分からないように、それを送信する前にある法則に従って変換する。元のラブレターを平文といい、平文を『内容が分からないように変換すること』を暗号化という」

「ラブレターなんてもらったことないですけど」

「たとえ話だ、バカ」

　小春は不機嫌そうに僕を睨みつけてくる。

「シャーロックホームズの『踊る人形』みたいに文字を何らかの記号に変換したり、

あ↓い、い↓う、みたいに文字をずらしたりするのも暗号化の簡単な例だ。こういった変換方法のことを暗号化アルゴリズムとか言ったりする。例えば……ラブレターの送り主が『スキ』という文字を送りたいとして、『文字を後ろにずらす』というアルゴリズムに従って内容を暗号化するとき、仮に三文字ずらすことにした場合だと、『スキ』↓『タコ』になる。ラブレターを受け取ったお前にも同じアルゴリズムに従って復号化、つまり三文字前にずらして平文に戻してもらえばいいわけだ。当然だが送信者と受信者の間で『文字を後ろにずらす』というアルゴと『何文字ずらすか』を事前に共有する必要がある。ずらした文字数をキーに暗号化・復号化することになるわけで、今回の場合は『三文字ずらす』の『三』に相当する情報を『共通鍵』と言ったりする。まあこんな感じで、暗号化と復号化に同じ鍵を用いる暗号方式を、『共通鍵暗号方式』と言う」

「なるほど。理解できます」

「で、当然だがこの『共通鍵』を通信相手に安全に届けることが必須項目となる。俗にいう『鍵配送問題』だ。鍵が誰かに盗まれてしまえば、暗号化した結果がどんなに複雑に見えても容易に復号化されてしまうわけだからな。それにデータをやりとりする人数に伴って作成する鍵の数も増え、管理が面倒になるというデメリットもある。そこで考え出されたのが公開鍵暗号方式だ」

「はあ……公開鍵暗号、ですか」

知らない単語の頻出により僕の脳内メモリはいっぱいで、もはやオウム返しすることしかできない。

情報が渋滞しかけている僕の脳内交通状況などお構いなしに、小春は容赦なく解説を続けた。

「ラブレターを受信したいお前は『錠』とその『鍵』を用意する。錠は南京錠みたいなもので、鍵がなくてもロックだけならできる。ここでは錠のロックをかけることが『暗号化』に相当すると思ったらいい。当然だが錠をかけることはできても鍵がなければ解錠、つまり復号化することはできない。お前はこの錠を誰の目にも触れるところに公開する。ラブレターを送りたい誰かは、その錠を使って自分のラブレターにロックをかけ――つまり暗号化し、それをお前のところに送るんだ。鍵はお前しか持っていないから、仮に配送中のラブレターを誰かに盗まれたとしても内容が知られることはない」

「はあ、……あの、話はわかるんですけど、その錠だとか鍵だとか言われましても……」

そういう機能が付与されているのだろうと想像はできるが、当然、僕が送受信するメール文に物理的にごっつい錠前がついているわけじゃない。

「あたかも錠をかけるかのように、一度暗号化したら鍵がなければ二度と復号化できない。そんな暗号化アルゴだってことだよ。つまり、『平文↓暗号文は簡単だけど、暗号文↓平文は難しい』ってわけだ。変換したらしたっきりの片道電車みたいなアルゴに使われる関数のことを、一方向性関数と呼んだりしている」

「一方向……関数、ですか」

「例えば一方向性関数の代表例の一つに素因数分解の困難性を用いたものがある。素因数分解はわかるな？」

「ギリギリわかります」

素数は1と自分自身でしか割り切れない数。素因数分解は、ある自然数を素数の掛け算で表すこと……だったと思う。

「７９９を素因数分解してみろって言われたら、お前どうする」

「え？　えっと、７９９に、素数を小さい方から順番に割り算していくとかですかね……電卓を使ってもちょっと時間がかかる気がします」

「じゃあ、素数17と47を掛け算するとどうなる。電卓を使ってもいい」

僕は言われた通りスマホを取り出して、デフォルトで搭載されている電卓アプリを起動した。「17×47」とタップして、イコールボタンを押す。

「えっと……７９９です」

「そうだ。ちなみに７９９のように二つ以上の素数の積で表すことができる自然数を合成数と言ったりする。17×47は難しくないが、７９９のような合成数を素因数分解するのはそれなりに時間が掛かるわけだ。７９９程度の三桁の数字ならまだいい。じゃあ、もっと大きな、例えば数十桁以上の合成数に対して素因数分解しろって言われたらどうする？」

「気が遠くなります」

「だろ。素数同士の掛け算は容易だけど、与えられた桁数の大きな合成数に対しての素因数分解は容易ではない。この一方向性を利用すれば、『暗号化は簡単にできるけど、復号化は容易ではない』って状況を作れるわけだ。ちなみにこの桁数が大きい合成数の素因数分解が困難であることを利用して、ＲＳＡ暗号と呼ばれる公開鍵暗号が開発された。四十年以上も前だがな」

「離散対数問題もその類ということですか？」

「その通り。離散対数問題は――」

大筋は理解できたが、この手の話が苦手な僕には詳細まではわからない。さらにここから離散対数問題なるものの解説が始まりそうな気配を感じ取り、僕は慌てて彼女の言葉を遮った。

「あの、結論を急いで申し訳ないんですが、その離散対数問題とやらが望くんのノートに書いてあって、それがどうしたんですか？」

「ああ、そうだったな」

　小春はこちらを一瞥すると面白くなさそうに口を尖らせる。だが僕相手にこれ以上話をしても通じないことを理解したのか、彼女は細かな解説をひっこめた。

「もしかしたら、立花望はこの離散対数問題を暗算で解けるのかもしれない」

「……え？」

「記述がちょっとおかしいんだよ。さっきの素因数分解の例だと、17×47＝７９９、という記述ではなく、７９９＝17×47って書いてあるみたいなイメージだな。明らかに逆の『容易ではない』方の計算をしているような記述に見えた。まあ、勘違いかもしれんがな。疑いがあるってレベルだ」

「そんなことできるんですか？」

「普通はできない。できないからこそ暗号技術が成り立っているわけだしな。私も半信半疑だ」

「……ということは、立花望くんの数学的才能で離散対数問題を解き、公開鍵暗号で暗号化された秘密の情報を復号化できるということでしょうか……？」

「いや、その表現は正確ではない」

「え？」

この流れでよもや否定されるとは思っておらず、少々面食らう。いよいよ混乱しそうになり、僕は渋面をこしらえた。

「先に紹介したRSA暗号のほかにも公開鍵暗号方式にはいろいろあるんだが、いずれにしても共通鍵暗号と比較してデータの暗号化の処理速度が遅いというデメリットがある。RSAに関しては最初に開発されたというのもあっていろんな攻撃方法が検討されているから、安全な運用が難しく、今はSSLの証明書以外ではほとんど使われていない。『SSL』っていうのはインターネット上での通信を安全に行うための手順（プロトコル）の一つだ。正確に言うとSSLではなくTLSだが、SSLのほうが名称として定着しているから、実際の暗号化通信をTLSで行っていてもSSLと呼ばれることが未だ一般的だ」

「は、はあ」

「話が少々逸（そ）れたが、まあ要するに、公開鍵暗号の技術自体はいろんな場面で使われてはいるが、それ単体で使われることはあまりないのが実状だったりする」

「え、そうなんですか？　じゃあ……」

つまりどういうことだと問い質（ただ）そうとしたところで、小春が言葉を繋いだ。

「世の中には共通鍵暗号方式と公開鍵暗号方式のいいとこどりをしたハイブリット暗号方式というものがあって、今しがた登場した、インターネットの通信で広く使われているＳＳＬ通信もこれに該当する。共通鍵暗号でデメリットだった『鍵配送問題』を公開鍵暗号の技術で克服し、データの暗号化に共通鍵暗号を使うことによって通信速度を上げるんだな。この『鍵配送問題』を克服するために利用されている公開鍵暗号の技術——ＤＨ鍵共有法と呼ばれている技術に使われているのが、離散対数問題だ。ちなみにディフィーとヘルマンが考えたからＤＨ鍵共有法だ」

「なるほど」

「ＳＳＬ通信は一般的に、

１、ＲＳＡ暗号を用いたデジタル証明書の検証——なりすましや改ざんを防止するために接続相手の確認を行い、

２、離散対数問題（ＤＬＰ）に基づいたＤＨ法を用いて共通鍵を共有し、

３、共通鍵暗号であるＡＥＳなどを用いて通信データを暗号化・復号する

という手順を踏む。話が複雑になるから詳細な説明は省くが、このＤＨ法は離散対数問題の一方向性が前提で成り立っている。離散対数問題を暗算で解くことができれば、２で送受信者が共有する共通鍵を盗めるわけだ。鍵さえ手に入れれば、ＡＥＳなどで暗号化された通信はすべて解読可能だ」

　おそらく重要なことを説明された気がするのだが、理解が追いつかず数秒間フリーズする。もう少し深追いしたい気持ちはあるものの、これ以上新たな情報を求めても

脳がパンクすること必至である。僕は要点だけの理解に努めることを腹に決め、未消化の疑問を呑み込んだ。

「まあ要するに、通信時には情報を守るためにいろいろと工夫しているんだが、離散対数問題を解くことができれば共通鍵を盗める。さっきの『文字を後ろにずらす』例で言うと、『三』に相当する情報を得られるというわけだな」

「……そしてその共通鍵さえ手に入れれば、秘密の情報を復号化して盗み見ることができる、と」

「そういうことだ。しかも単に盗み見るだけなら気づかれることもない。不可視の犯罪だ」

「でも、仮に情報を入手できたとしても、いったいそれを何に使うんでしょうか？」

「さあな。お前が犯罪者ならどうする？」

「えっと……クレジットカードの情報を盗むとかでしょうか」

「まあ、ありえなくはないが、暗号技術にある程度精通している人間にしてはつまらん犯罪なような気がしないでもないな。盗んだ情報をもとにクレカを使用した時点で履歴も残るだろうし、足がつく恐れがある」

彼女はシートをうしろに倒して横になり、眠そうな両目をこしことこする。

「情報はものによっては富にもなるし武器にもなる。とある企業の経営統合や吸収合併などの機密情報は株価の値動きに関わるだろう。その情報があれば投資家は無双できるだろうな。企業や研究機関の新しい技術開発の情報の気密性が高いのは何となく想像つくだろ。あるいは何らかの不正を隠蔽（いんぺい）している企業や個人を糾弾することも可能だ。それをネタにゆすることもできる」

「えっと、つまり、情報を売ったり利用したりして富を得ることもできるし、それを使って誰かを陥れることも可能だと」

「そうだ。やつらが誰のどういう情報を盗み見たのか、あるいは盗み見ようとしているのかはわからないし、盗み見た情報を具体的にどう使ったのか、どう使おうとしているのかもわからん。立花望がそれに意識的に加担しているかもわからん。だがこれはかなり危険な状態だよ。立花望が存在する以上、データを不正に盗み取られることを防ぐためのＳＳＬ通信が意味をなさなくなる」

「確かに……もし本当だとしたら、かなり危険です」

ネットが普及した現代社会においてその力は脅威だ。賢い人が考えたらきっといくらでも悪事を思いつくだろう。

ふと、アプリのマップに表示されていたピンが動き出した。

「小春さん、動きました。シートベルト、してください」

出発するためにギアをドライブに入れようとしたところで、科捜研の敷地内に水原補佐が入ってくるのを見かけ、動きが止まる。不運なことにフロントガラス越しに彼と目が合った。彼は鬼の形相をこしらえてこちらにずんずんと近寄ってくる。

鬼電を無視しまくっていたから、心当たりのある場所を探しに来たというわけだろう。あるいは科捜研の権田から直接話が伝わったのか。放っておいてくれたらいいものを。

彼は運転席のドアに近づくなり、どんどん、とげんこつの側面で窓ガラスを叩いてくる。僕はやむを得ず窓を開けた。

「おい、お前、ふざけてんのか」

水原補佐の第一声が僕の耳朶(じだ)を強烈に叩く。

それから水原補佐は例によって僕に暴言を投げ続けた。グローブすら装着していない僕に、ピッチングマシーンで一方的に球を投げつけてくるかのようだった。きっと返球など求めていないのだろう。途中から聴覚が麻痺したかのように相手が何を言っているのか理解できなくなる。

何か言いかけた小春を制するように、僕は言った。

「少し黙っていただけますか」

「は?」

少しだけ声が震えていることを自覚した。上司に歯向かったあとにどんな恐ろしい仕打ちを受けることになるのか、想像するだけで身震いした。けどここで言わなければ二度と変われない気がした。いつまで経っても電話番と部屋の掃除しかさせてもらえない退屈な日々が永遠に続くような気がした。

「僕は、上司の機嫌を取るために警察官になったわけじゃない」

「なんだと？」

「僕は」

なぜかそこで言葉が詰まり、妹の姿がぼんやりと頭に浮かぶ。頭に浮かんだ妹は部屋の片隅で体育座りをしてしくしくと泣いていた。

父が亡くなった日を境に、みるみるうちに生気が失われていく母を見るのは辛かった。死神にしがみつかれて生気を吸われているような気すらした。

僕が進学を諦めて社会に出ることを決意したのは、大黒柱を失って崩壊の危機に瀕した熊谷家を支えるため。もちろんそれもあった。でもそれは警察官以外の職業でもできることだ。最近家族を支えるのに必死なあまり、警察官を志すに至った根源的な思いが消えかけていたことを自覚する。

「僕は、自分のことしか考えずにズルをする人たちのせいで、まっとうに生きる人たちが損をするようなこの社会を少しでも良くしたくて警察官になったんだ」

今から十年前の成人式の日、父は、ある大学生が運転する車に撥ねられて死んだ。

ほぼ即死だったそうだ。乗車していたのは成人式に出席していた地元の仲良し三人組で、三人とも飲酒をしていたらしい。

ふざけてると思った。当然彼らは捕まったが、父のような超がつくほどの真面目な人間が、社会のルールを破った若者たちのせいで棺に入らなければならなかった道理なんてあっていいはずがなかった。

父はきっともっと生きたかっただろう。母は夫を失った絶望に打ちひしがれながらも、感情に蓋をして僕たちのためにすぐ働きに出た。梢はまだ六歳だった。

保険金に加え、加害者から慰謝料が払われたが当然許せるはずもなく、謝罪のために自宅の玄関先に現れた彼らを、僕はぼこぼこに殴った。相手は成人男性三人、しっかり抵抗もしてきたが、幼いころから空手を続けていた甲斐あって劣勢になることはなく、通行人の通報によって現場に駆け付けた警官に取り押さえられるまで、僕は彼らへの攻撃を緩めなかった。それからどうなったのかはあまり憶えていないが、特に記憶にないということはそれ以上話が大きくなることはなかったのだろう。

大の組手嫌いの僕が、後先考えずに殺す気で人を殴る衝動に駆られた理由を考えた。何日も何日も、父を失った悲しみと悔しさを噛みしめながら、心の奥底で渦巻く感情の正体について考えた。

父が、道路に飛び出した子供の身代わりで事故死してしまっていたのだとしたら、あるいは納得できただろうか。浅はかな大学生に殺されたという憐れむべき悲劇のストーリーが、もしかしたら美談に変わったかもしれない。大学生が運転する車ではなく、救急車に轢かれていたら納得できただろうか。悔しいことに変わりはないだろうけど、運の悪さを呪うだけで少なくとも誰かに怒りの矛先を向けることにはならなかっただろう。

交通機動隊に入って違反者を取り締まり、父のような犠牲者をもう二度と出さないようにしたい。履歴書の志望動機の欄にそう書いて、神奈川県警警察官の採用試験に応募した。父が亡くなってから約半年後のことだった。

この職に就いてから、交通の現場に限らず、世の中自分のことしか考えないずるい人間ばかりだと気づくのにそう長い時間は掛からなかった。僕が心底恨んだ理不尽は予想以上に世の中に蔓延り、何の罪もない善人を苦しめている。僕の闘志は燃えた。強い意志さえあれば世の中を変えられると本気で信じていた僕は、寝る間も惜しんで働いた。

死ぬ気で働いていた僕の努力が実ったのか、あるいは偶然か、交番勤務をしていたときに連続強盗犯の逮捕に貢献した功績が称えられ、表彰された。ちょっとした記事やニュースになり、僕の思いや今後の抱負が一時とはいえ全国に共有された。

もっとも、僕と同じような志はあったが挫折した人、何年も努力しているけれど芽が出ていない人がそれを聞いてどんな感情を抱くのか、まだ青かった僕はわかっていなかった。僕があるいは老齢のベテランだったらまだ良かったかもしれない。けど学校を卒業して間もない僕が表彰台に上がるのを見て、よく思わない人間はきっと少なくはなかっただろう。

実際、それ以降何かと邪険に扱われることが増えてきた。特別悪いことをしたわけでもないのに、ごく一部の人間から押さえつけるような発言を浴びせられることもたびたびあった。

「どうせそのうち失敗するから止めておけ」

「身体を壊すからそんなに一生懸命やるな」

「お前が結果を出せたのは運が良かったからだ」

「若いのに生意気に結果を出そうとするな」

「まずは結果を出すことよりも同じ職場の人間に気を遣うことから始めろ」

相対的な自分のプライドやポジションを保つために、誰かを下げようとする非生産的な人間がいることを知った。自分を一番に据えて誰かを蹴落とすという点においては犯罪者とやっていることはさして変わらないなと思った。そんな人間社会に晒されることで当初抱いていた野心はいつの間にか萎え、ついこの間まで警官を志した理由すら見失いかけていた。僕の快進撃は最初の六、七年でその勢いを失い、今は辞表を書く一歩手前まで追い詰められている。

でももう迷わない。

こんなところで屈しない。

「ルール違反をする人たちによって誰かが困っているのなら、その元凶を僕が取り除く。僕たち警察官が、正しい知識と勇気であるべき形に導くんだ。僕たち警察官の仕事の本質は、決して電話番をしたり上司を立てたりすることじゃない」

「よく言った！」

助手席に座っていた小春が僕の発言を肯定した。

「そういうことだハゲ狸（だぬき）。お前は菓子でも食って寝てろ。じゃあな。おい熊、出せ」

僕は言われた通りギアをドライブに入れ、アクセルを踏んだ。水原補佐が敷地を出るところまで追いかけてきて何か言っていたような気がしたが、僕は一切耳を貸さなかった。道路に出てしばらく走行すると、その声もやがて聞こえなくなった。

「せいぜいお前が辞表を出さないようにしないとな」

「はい」

◇

公彦おじさんが八王子のホテルにやってきたのは、三日後の正午ごろ、コンビニで買ってきたお弁当を食べていたときだった。

ノックの音がした。喜一が箸を置いて立ち上がり、扉の覗き穴から外の様子を確認する。解錠して扉を開けると、公彦おじさんが慌ただしく部屋に入って来た。

外が暑かったのか彼の額には汗が滲み出ている。いつもの冷静さが少し欠け、やや焦っているようにも見えた。全身から疲労感を漂わせているにもかかわらず公彦おじさんは座ることすらせず、カバンの中から紺色の小冊子のようなものを取り出して、喜一に渡す。

「これがお前たちの偽造パスポートだ。特殊ルートから入手した。これから空港に向かえ。空いている便でアメリカに飛ぶんだ。チケットは買ってないから適当に調達しろ」

「公彦おじさんは？」

「俺は後から向かう。お前たちは先に行け」

急すぎる展開に驚きや不安が隠せない。英語だってわからない。だがあの地獄のような日々に戻るくらいなら、これから行く場所が過酷な紛争地域だろうがアマゾンの奥地だろうが構いやしない。ぼくは覚悟を決めた。

それからすぐに荷物をまとめ、ぼくらは部屋を出た。チェックアウトをするために一階のロビーへと向かう。

エレベーターの前に立ち、降下ボタンを押した。ちん、と音が鳴るのと同時にエレベーターの扉が開く。

「よう嘉山。年貢の納め時だぜ」

そんなことを言いながら、エレベーターの中から一人の小柄な女が降りてきた。彼女の後に続くように身体の大きな男も無言で降りてくる。

女の方は四角いカラフルな布地が複数つぎはぎされた、デニム生地のつなぎという変わった恰好をしていた。オレンジのごついスニーカーを履いている。年齢はよくわからない。高校生と言われたらそんな気がするし、二十代後半だと言われても納得できる気もする。風貌だけはどっかの教育番組のお姉さんに見えなくもない。

彼女は右手に巨大な銃器のようなものを携えていた。不敵な笑みを浮かべながら公彦おじさんに好戦的な視線を向ける。まるで獲物を見つけた肉食動物みたいにその双眸はぎらついていた。

彼女のとなりには身長が高くて熊のような巨軀の男が立っていた。黒のスラックスに白のシャツ、足元は動きやすそうな運動靴。肥大した上腕と太もものせいで服がはちきれそうなほど張っている。年齢はおそらく二十代後半。短く清潔感のある髪型が、爽やかな顔つきによく似合っていた。今にも飛びついてやると言わんばかりの女と態度は百八十度異なり、緊張しているのかやや表情は硬い。山梨で遭遇した男だということに途中で気づき、ぼくは焦った。

「お前に返さないといかんものがあってな」

女がポケットに手を入れて手の平に収まるサイズ感の白色のケースを取り出し、それを公彦おじさんに向けて放った。

「すまんすまん。それ、お前のだろ」

公彦おじさんはとっさにそれをキャッチして、そして手に収まったものを見て顔をひきつらせた。

公彦おじさんは、胸ポケットの中から同様のケースを取り出して、渡されたものと比較する。何かに気づいた彼は舌打ちし、自分の胸ポケットから取り出した方を床に叩きつけた。ころころとぼくの足元に転がってくる。拾い上げてそれが何かを確認した。どうやらそれはワイヤレスイヤホンのケースのようで、ケースの底に小さな文字で「Hojo」と書かれていた。

女は次にスマホを取り出し、その画面をこちらに向けた。

「これは現場で発見した立花望の日記兼自由研究ノートの写真だ。現場に焼けずに残ってたぜ。ナンバー6のノートに離散対数問題を応用したＤＨ鍵共有法に関する記述を確認した。そこにいる立花望は離散対数問題を暗算で解ける疑いがある。さらに注目すべきはこのページのこの数値」

女は一度スマホの画面を自分の方に向け、親指を当てて横にスワイプする。再度こちらに向けられた画面には、ノートの上部をアップに写した写真が表示されていた。

『7565896577657573777372737579』

「ノートにはＤＨ鍵共有法に限らず、様々な暗号化アルゴリズムについての記述が見られた。お勉強が好きみたいだな。おそらく、この数値はそれら暗号化アルゴを理解するために、具体的な例として用意したものだろう。この数値を平文としたときの暗号化と復号化のフローがノートに記載されていた。結論から言うと、これはASCII(アスキー)コードでアルファベットを数値に変換したものだ。最も基本的な文字コードとして世界的に普及している文字コードの一つだよ」

女はさらに画面を横にスワイプして画像を次に送った。

<table>
<tr><th>文字</th><th>10進数</th><th>文字</th><th>10進数</th><th>文字</th><th>10進数</th><th>文字</th><th>10進数</th></tr>
<tr><td>NUL</td><td>0</td><td>SP</td><td>32</td><td>@</td><td>64</td><td>`</td><td>96</td></tr>
<tr><td>SOH</td><td>1</td><td>!</td><td>33</td><td>A</td><td>65</td><td>a</td><td>97</td></tr>
<tr><td>STX</td><td>2</td><td>″</td><td>34</td><td>B</td><td>66</td><td>b</td><td>98</td></tr>
<tr><td>ETX</td><td>3</td><td>#</td><td>35</td><td>C</td><td>67</td><td>c</td><td>99</td></tr>
<tr><td>EOT</td><td>4</td><td>$</td><td>36</td><td>D</td><td>68</td><td>d</td><td>100</td></tr>
<tr><td>ENQ</td><td>5</td><td>%</td><td>37</td><td>E</td><td>69</td><td>e</td><td>101</td></tr>
<tr><td>ACK</td><td>6</td><td>&</td><td>38</td><td>F</td><td>70</td><td>f</td><td>102</td></tr>
<tr><td>BEL</td><td>7</td><td>'</td><td>39</td><td>G</td><td>71</td><td>g</td><td>103</td></tr>
<tr><td>BS</td><td>8</td><td>(</td><td>40</td><td>H</td><td>72</td><td>h</td><td>104</td></tr>
<tr><td>HT</td><td>9</td><td>)</td><td>41</td><td>I</td><td>73</td><td>i</td><td>105</td></tr>
<tr><td>LF*</td><td>10</td><td>*</td><td>42</td><td>J</td><td>74</td><td>j</td><td>106</td></tr>
<tr><td>VT</td><td>11</td><td>+</td><td>43</td><td>K</td><td>75</td><td>k</td><td>107</td></tr>
<tr><td>FF*</td><td>12</td><td>,</td><td>44</td><td>L</td><td>76</td><td>l</td><td>108</td></tr>
<tr><td>CR</td><td>13</td><td>-</td><td>45</td><td>M</td><td>77</td><td>m</td><td>109</td></tr>
<tr><td>SO</td><td>14</td><td>.</td><td>46</td><td>N</td><td>78</td><td>n</td><td>110</td></tr>
<tr><td>SI</td><td>15</td><td>/</td><td>47</td><td>O</td><td>79</td><td>o</td><td>111</td></tr>
<tr><td>DLE</td><td>16</td><td>0</td><td>48</td><td>P</td><td>80</td><td>p</td><td>112</td></tr>
<tr><td>DC1</td><td>17</td><td>1</td><td>49</td><td>Q</td><td>81</td><td>q</td><td>113</td></tr>
<tr><td>DC2</td><td>18</td><td>2</td><td>50</td><td>R</td><td>82</td><td>r</td><td>114</td></tr>
<tr><td>DC3</td><td>19</td><td>3</td><td>51</td><td>S</td><td>83</td><td>s</td><td>115</td></tr>
<tr><td>DC4</td><td>20</td><td>4</td><td>52</td><td>T</td><td>84</td><td>t</td><td>116</td></tr>
<tr><td>NAK</td><td>21</td><td>5</td><td>53</td><td>U</td><td>85</td><td>u</td><td>117</td></tr>
<tr><td>SYN</td><td>22</td><td>6</td><td>54</td><td>V</td><td>86</td><td>v</td><td>118</td></tr>
<tr><td>ETB</td><td>23</td><td>7</td><td>55</td><td>W</td><td>87</td><td>w</td><td>119</td></tr>
<tr><td>CAN</td><td>24</td><td>8</td><td>56</td><td>X</td><td>88</td><td>x</td><td>120</td></tr>
<tr><td>EM</td><td>25</td><td>9</td><td>57</td><td>Y</td><td>89</td><td>y</td><td>121</td></tr>
<tr><td>SUB</td><td>26</td><td>:</td><td>58</td><td>Z</td><td>90</td><td>z</td><td>122</td></tr>
<tr><td>ESC</td><td>27</td><td>;</td><td>59</td><td>[</td><td>91</td><td>{</td><td>123</td></tr>
<tr><td>FS</td><td>28</td><td><</td><td>60</td><td>¥</td><td>92</td><td>|</td><td>124</td></tr>
<tr><td>GS</td><td>29</td><td>=</td><td>61</td><td>]</td><td>93</td><td>}</td><td>125</td></tr>
<tr><td>RS</td><td>30</td><td>></td><td>62</td><td>^</td><td>94</td><td>~</td><td>126</td></tr>
<tr><td>US</td><td>31</td><td>?</td><td>63</td><td>_</td><td>95</td><td>DEL</td><td>127</td></tr>
</table>

※SP = スペース

※グレーで塗りつぶしてある文字は制御文字

文字コードとは大まかにいえば、文字や記号をコンピューターで処理したり通信したりするために、文字の種類に背番号のような番号を割り当てたものだ。確かに彼女の言う通り、具体例としてある文字列を数値に変換し、その数値の暗号化・復号化を実際にやってみた記憶がある。それを記載したのはナンバー6の三十二ページから三十五ページ。だがそれがよもや焼けずに残っていたとは、そしてそれをわざわざ探し当てる胆力が警察にあるとは夢にも思わない。

「このASCII（アスキー）コード表にしたがってこの数値を文字列に変換すると……どうなるかは憶えてるよな？」

一度ノートに書いたことは忘れない。当時この文字列を平文の具体例にした自分を、そして施設を出るときにこのノートをきちんと処分しなかった自分を呪った。

『7565896577657573777372737579　→　KAYAMAKIMIHIKO』

男が説明を続けた。

「これで嘉山先輩と立花望くんが繋がりました。僕が山梨で彼を見つけたとき、僕の動きを封じ込めるために、故意にそちらにいらっしゃる喜一殿にやられたフリをしたのですね。そもそも嘉山先輩は僕ら警察と彼らとを会わせたくなかったはずなので、あれはアクシデントの類だったと思いますが、アドリブにしては騙されました」

男が淡々とした口調で言う。

「もっともこのノートの記述だけで嘉山先輩を誘拐犯と決めつけるのは少々強引だということで、このノートの存在を先輩の前でちらつかせました。シャワーを浴びるという名目で席を外したところ、席を外した十五分程度のわずかな時間でこの数値が書かれたページが紛失しています。立花望くんとの関係性を疑われることを恐れてこのページを切り取ったんだ」

「隙を見せたのはわざとか」

公彦おじさんは舌打ちすると、渋面をこしらえて男の方を向いた。

「そうです」

「発信機を取り付けたイヤホンもそのときにすり替えたな?」

「その件に関してはノーコメントです」

「嘉山よう、ずいぶん仕事を増やしてくれやがったじゃねぇか」

状況が不利に傾いていることを感じ、ぼくは急いでリュックを肩から下ろした。中からクロスボウを取り出そうとしたところで、女が手にしていたものをぼくの方に向けてけん制してくる。

「動くなよ、家出少年」

「望。早まったことはするなよ。彼女は神奈川県警が誇る科学捜査研究所物理係の研究員。銃器刀剣類のエキスパートでもある。手に持っているあのクロスボウはおそらくハリボテじゃない。そして性格上、撃たないとも言い切れない」

「けけけ。よくわかってんじゃねぇか。目には目をってな。銃刀法の改正によりクロスボウの所持が違反になるのは来月からだ。私がここで扱っても銃刀法には引っ掛からない。時期が悪かったたな。さあお縄だ、デコボコトリオ！」

　彼女がそう言いながら勝ち誇った笑みを浮かべたその瞬間、喜一が女の持っていたクロスボウを蹴り飛ばした。クロスボウは宙を飛び、五メートル程度離れた位置の床を転がった。一同が飛んでいったクロスボウに目を奪われているその隙に、喜一は男に詰め寄り、いつかのようにあごを狙って回し蹴りを炸裂させる。その攻撃をまともに食らってぐらついた男の脇腹とふくらはぎに、続けざまに蹴りを入れた。男は伐採された樹木のように床に倒れた。

「悪いな嬢ちゃん。こっちも色々事情を抱えてるんでね。そこをどいてもらえるかな」

「おい、壊れたらどうしてくれんだよ。あれ結構高いんだぞ。おめーが『喜一』だな？　でけぇ図体しやがって」

「できれば素直にそこをどいてくれると助かる。女を蹴る趣味はないんでね」

「ジェントルマン気取ってるとこ悪いが、その気遣いはズレてんぜ。なんでおめーが主導権握ってると勘違いしてんだよ？　おい、いつまで寝てるんだよ。冬眠にはまだ早ぇぞコラ。とっとと働け」

女は、社員をこき使う意地の悪い社長みたいな態度で床に倒れている男の頭をがし蹴り始める。すると男は命を吹き込まれたかのようにむくりと起き上がった。

「本当は、組手は大嫌いなんですけどね。あなたもそうかもしれませんが、僕もいろいろ背負っているので……！」

男が肩幅より若干広めに足を開いた状態で腰を落とし、両手を前に構えた。喜一は、再度彼の頭部めがけて得意の蹴り技を繰り出していく。ガードを抜けて何度か直撃したが、男は倒れなかった。それどころか喜一の蹴りをまともに食らいながらも前進してくる。

そして目まぐるしい攻防の末に、男が付き出した右手のこぶしが喜一のあごに直撃した。ぐらついたところを畳みかけるように連続でパンチを炸裂させる。

喜一は電池が切れたロボットのように床に倒れた。

「喜一。起きてよ喜一、ねえってば。起きて。あんなやつやっつけて。これから頑張って教師になるんだろ。こんなところで捕まったらきっとその夢は壊れる」

呼びかけるが返事はない。屍（しかばね）のようになってしまった喜一に男が近づき、無力になったその両手を上からがっちりと押さえた。

「公彦おじさん、何とかしてよ。病気の娘さんを助けるんでしょ。ねぇ」

藁にもすがる思いで公彦おじさんに助けを求めると、彼は立膝の体勢になってぼくにこう耳打ちする。

「クロスボウを貸しなさい」

ぼくは頷き、リュックのファスナーの引手に手をかけた。その瞬間、空気を切り裂くような音がするのと同時に数十センチ先の床に矢がぐさりと突き刺さる。ぼくはひやりとして動きを止めた。

「動くなっつったろ」

矢が飛んできた方向に顔を向けると、口をへの字に曲げた女と目が合った。喜一に蹴飛ばされて遠くに飛んでいったはずのクロスボウをいつの間にか拾い上げ、こちらに向けて構えている。

「おい嘉山、みっともなく悪あがきするのはよせよ。最初に言っておくが私は不器用なんだ。射撃に自信があるわけじゃねーんだからよ、次はマジで当たっちまうぞ」

公彦おじさんは絶望の二文字を顔に刻み、何かを堪えるように下唇を噛んだ。それから彼は何か決意したように頷くと、数歩進んで男の前に足を運ぶ。喜一の身体を抑え込むために相手の片手が塞がっているとはいえ、体格差を考えたら勝ち目があるようには見えない。ドキドキしながら行く末を見守っていると、公彦おじさんは膝をつき、床に額をこすりつけるような体勢で彼らに懇願した。

「後生だ。見逃してくれ。頼む。ドナーが見つかるまでの期間だけでいい。そうしたら俺は喜んで牢屋に入る」

「ドナー……？　嘉山先輩――」

事情を知らされていなかったのか、男は困惑したような表情を浮かべて狼狽える。

「娘が心臓の病気なんだ。助かるには移植が――」

「熊、同情するなよ。嘉山、お前の言い分はあとでゆっくり聞いてやっから、ぐだぐだ言わずにおとなしく捕まれコラ」

公彦おじさんの切実な思いは女によって遮られ、彼らの耳には届かない。

女の方は情に訴えても効果がなさそうである一方、男の方は次のアクションについて少し迷っているようにも見えた。ぼくは公彦おじさんの隣に駆け寄ると、同じように額を床につけ、彼の同情を誘った。

男は少しの沈黙の後に言った。

「嘉山先輩、申し訳ありません。僕は自分の正義を貫きます」

その瞬間に公彦おじさんが立ち上がり、男に殴りかかった。しかし不意打ちにもかかわらず男は公彦おじさんの攻撃を軽やかにかわし、容赦なく彼のお腹に強烈な右ストレートを炸裂させる。公彦おじさんはその一撃で力を失い、床に倒れて動かなくなった。

それを見てぼくはもうどうあってもこの状況を覆せないということを悟った。

ぼくは男に駆け寄り、思いきり彼の脛(すね)を蹴っ飛ばした。しかし喜一が蹴っても倒れなかった彼の身体はこの程度の攻撃では当然びくともしない。

「ふざけんなよっ。ぼくはこんな結末、望んでないぞ！　助けを求めたつもりもないっ。ぼくにとっては喜一や公彦おじさんといっしょに生活するのが一番の幸せなんだ！」

男の顔には、わかってあげたいけどどうしようもない、と書かれている。

押し寄せてくる絶望感を噛みしめつつ、ぼくはその場を離れ、廊下の突き当りの腰高窓まで駆け足で進んだ。窓を開け、桟(さん)に両手を乗せると、鉄棒の要領で思いきり身体を持ち上げる。

「近寄るなよ。近寄るな。近寄ったらここから飛び降りる。元の生活に戻るのはぼくにとって地獄に行くことと同じだ。二人がいない生活はぼくにとって死と同じだ。二人のいない世界にぼくの望む幸福なんてありゃしない」

桟に片足を乗せたところで振り向き、そうまくしたてながら大人たちの顔を順に見た。喜一と公彦おじさんの二人を床に押さえつける男の顔はどこか悲哀に満ちており、女は退屈そうに欠伸をしている。公彦おじさんは気を失ってしまったのか石像のように動かないままだ。そして喜一は床に這いつくばるような姿勢のまま、怒ったような表情を浮かべ、ぼくを睨むように見ていた。

「逃げない。約束する。少しだけ時間をくれ」

喜一は自身の上に乗っている男にそう告げる。男は頷いて喜一を解放した。喜一はゆっくりと起き上がり、ゾンビのようなよろよろした足取りでこちらに近寄ってくる。

「いいか望。一度しか言わないからよく聴け」

「いやだ……いやだ」

喜一はぼくの片腕をつかむと、思いきり引き寄せて床に放った。受け身も取れずに転げ落ち、強打した上腕に痺(しび)れるような痛みがほとばしる。

「居場所を突き止められた上に格闘でも俺は負けた。完敗だよ。相手が一枚も二枚も上手(うわて)だったみたいだ。俺はこれ以上恥を晒すつもりはないよ」

喜一は立膝の状態になり、床に転がったぼくの顔を覗き込んでくる。怒りの表情は消え去り、いつもの穏やかさが戻っていた。男に殴られてどこかしら切ったのか、鼻や口から血が出ている。

とにかく悔しかった。

あと少しだったのに。

こんなはずじゃなかったんだ。

こんな絶望的な結末でいいはずなかった。

どこで間違えた。

どこで。

「聴け」

喜一がぼくの肩を揺さぶって、頭の中で渦巻いていた後悔や失望を吹き飛ばす。ぼくは理想の未来が手に入らないことを悟り、すべてを諦めて彼の目を見た。

「どんな人にも大変なことや辛いことが次々にやってくる。どんな人にも必ずだ。これから先、人間の醜い部分を見て嫌になることもあるだろう。正しさが踏みにじられて誰かの強い感情が優先されることに強烈な違和感を覚えることもあるだろう。けどな」

「……けど？」

「死にたくなるほどのどん底から人を救うのも、また人なんだ。お前のことをわかってくれるやつは必ずどこかにいる。考えてもみろ。日本だけでも一億人近くの人間がいるんだ。お前が生まれてから関わってきた人間はその1％にも満たないんだぜ。そういう計算はお前の方が得意だろ？」

単純計算が過ぎる。そう思った。一億人の中にはまともにコミュニケーションを取れない赤ん坊や時代錯誤な老人だって含まれてる。それに生涯かけても一億人の人間と関わるのはどう考えても物理的に不可能なわけだから、この場合国民の総数なんていうのは大して意味のある数値にはならない。ぼくのことをわかってくれる人間が全体の何％存在するのかという比率の方がよっぽど重要で、そしてその比率は著しく低いに違いない。

「今はきっと辛いことの方が多いだろうけど、でも痛みを知っているからこそお前は人に優しくなれる。その辛い経験が未来のどこかで誰かの救いになるときがきっとくる。俺や公彦おじさんのいない世界は無意味？　死んだ方がいい？　頼むからそんな悲しいことを言うな。頼むから。……生きたくても死んでしまう人もたくさんいるんだから」

喜一は悲哀に満ちた両目でぼくを見る。最後の発言の裏に、かつて殺されてしまったという喜一の家族の存在がちらついた。不思議なことに全身からするすると力が抜けて、反論する気も失せていく。

「……一つ約束して」

目元を袖で拭いながら、嗚咽をこらえて声を絞り出す。

「なんだ」

「今度、テコンドー、教えてよ」

ぼくがそう言うと、喜一は何だそんなことかと言わんばかりに肩をすくめてみせた。

「ああ、約束だ」

今度がいつになるか、怖くて聞けなかった。

喜一の言い分はよくわからなかった。きっと本当のことなんだろう。でもやっぱり納得できなかった。ぼくにとって「死にたくなるほどのどん底」から救ってくれた人は喜一や公彦おじさんで、これから先彼らと同等以上の良い人に出会えるとはどうしても思えなかった。喜一の言っていることがわかる日がくるだろうか。地獄のような環境で手を差し伸べてくれる人が本当にいるだろうか。

目に見える全ての物体の輪郭が溶け、マーブル模様へと変化していく。自分の声とは思えない、断末魔のような慟哭が辺りに響き、それと同時に喉が焼けるように熱くなった。ぼくは泣き続けた。永遠に涙が止まらないのではと思えるほどに、ずっと泣き続けた。

◇

着心地の悪い礼服を堅苦しく思いながら、観音開きの扉の前で呼吸を整えた。牧師と新郎は既に入場している。おそらく出番までには数分の間もない。扉の向こうでは参列者が新婦の登場を待っているはずだった。

「お父さん、間違えないでよ。みっともないから。リハーサル通りにやってよね」

「わかってる」

純白のドレスを身にまとった千里が、私と腕を組んだ状態で左隣に立っている。先日の試着で初めてドレス姿を見たときほどの感動はないが、やはりあんなに小さかった千里がドレスを着る日が来たのだと思うと感慨深いものがある。

公彦の言った通り、あれからほどなくして金融庁から呼び出されることはなくなった。

間違った捜査をしたことに対する謝罪がないのが腑に落ちないのだが、押収されていた物も返却されたし、娘夫婦に不要な捜査が入ることもなく、結婚式を行うにあたって何らかの支障が生じることもなかった。あれだけ騒ぎ立てられたのが嘘だったかのように、今は平穏な日常を嚙みしめている。

公彦は今回の式に出席していない。招待状は出したのだが、返事がなかった。奈緒ちゃんのことは今でも心配だが、何もできないよね、そう指摘されてから彼女の病状を伺うことすら憚(はばか)られ、近況を知ることもできていない。

世の中のたくさんの人たちが様々な病気を抱えていることはきっと誰でもわかっている。中には若くして命を落としたり、まともに日常生活を送れなくなるような大病を抱えたりすることが普通にあり得ることも。でもそれはものすごく確率の低い現象で、少なくとも身の回りの人たちは平均寿命程度の年数で穏やかな死を迎えるものと信じていた。

奈緒ちゃんの一件で、そんなトラブルのない日常がいかに幸せで奇跡的かということを、まざまざと知らされたような気がしていた。大量の薬品を売りさばき、普通の人より病に詳しいはずの自分はもっと早くそのことに気づきそうなものを。

「なあ、千里」

私は隣にいる千里に目を向けた。ドレスを着て何倍も美しくなった娘が無垢な瞳をこちらに向ける。

千里が幼稚園児だったころ、肺炎で一週間くらい寝込んだときのことを思い出した。幼稚園に行きたがる千里をなだめながら妻と協力して看病した。小学生のときにインフルエンザで四十度近い高熱を出したことを思い出した。つきっきりで看病した妻に感染し、やがて私にも感染した。最初に治った千里におかゆを作ってもらった。部活の練習で脚を骨折したときは、しばらく学校まで車で送り迎えをしたっけ。恥ずかしいから、という理由で学校のちょっと手前で降ろしたり迎えたりした。

「なによ」

「大きくなったな」

「はあ? 寝ぼけてんの?」

「本当に、大きくなったな」

「ちょっと、お父さん、泣くの早いって。早すぎ。もうちょっと我慢してよ」

観音開きの扉が開く。大音量の拍手が私たち二人をあっと言う間に呑み込んだ。私は涙をおさえることができないまま、バージンロードに向かって一歩ずつ歩いた。

# 終章 報酬のお品書き

科捜研の二階のフロアに上がったところで、権田と鉢合わせした。

彼の身体から発せられる威圧感に気圧され、思わず一歩後退する。彼の顔には今日も不機嫌の三文字がフェイスパックのように装備されているようだった。薄い唇はきつく結ばれ、両目には苛立ちめいた感情が宿っている。ごつい鼻には絆創膏が貼られていた。

「何か？」

じろじろと顔を見てしまっていたのだろう、にこりともせずに彼はそう言った。

「いえ、顔の怪我、どうされたのかと……」

「答える義理はありませんな」

彼はそれだけ言うと、僕の脇を通り抜けて階段を下りていった。なぜか安堵の感情が湧き、全身に入っていた力が抜けていく。直属の上司でもないのに彼の前に立つと未だに緊張するのは、僕の肝が小さいからか、あるいは彼が周囲を緊張させる能力を持っているからか。緊張するどころか攻撃しまくっている小春という例があるので前者なような気もする。

僕は物理係の事務室の扉をノックして中に入った。

「熊谷さん、お疲れ様です」

僕を出迎えてくれた北条の頭は、いつも通り実験に失敗した科学者みたいに爆発している。蛍光灯の光が彼の丸眼鏡にきらりと反射していた。

僕は手に提げていた紙袋を彼に手渡した。中には近所の洋菓子店で購入したフルーツゼリーが入っている。

「いつもご丁寧にありがとうございます」

「いえ、いつもお世話になっておりますので、構いません。あの、つかぬことをお尋ねしますが、権田さんの顔に貼られている絆創膏って――」

「ああ、あの人ああ見えて、捨て猫とか保護してるんですよ。あの様子だと暴れん坊を保護し始めたんじゃないですかね」

「ああ、なるほど」

科捜研の職員でも物騒な被疑者と関わることがあって、時折乱闘になるくらい揉めることでもあるのかと疑っていたので、それは意外である。人は見かけによらない。

「小春さんなら鑑定室にいますよ」

「えぇっと、実は北条さんにも用がありまして。イヤホンの件ですが……」

僕はポケットからワイヤレスイヤホンのケースを取り出し、それを北条に渡した。追跡調査に使用するために借りたまま、返却するのをすっかり忘れていたのだ。

「ああ、小春さんから聞いていますよ。勝手に持ち出したのはどうせ小春さんでしょう？　いいですよ、この前お詫びのアマギフもらったのでゲームの課金に使います。

というかよくあの短時間で用意できましたね」

イヤホンケースに忍ばせていたものは、本来は落とし物を追跡するために開発された小型発信機で、GPSは搭載されていない。詳細はよくわかっていないのだが、どうやら世界中の数億台のAndroidデバイスのメッシュネットワークを使って追跡ができるという代物らしい。発信機の近くに居合わせたAndroidデバイスが微弱なBluetoothを拾い、位置情報を暗号化してクラウドに送信する。自身と発信機が離れていたとしても持ち主はその位置情報を頼りに居場所を知ることができるというわけだ。

GPS等の発信機を用いて捜査することはあるが、本来は違法である。今回の追跡調査は、北条が紛失防止目的で自発的に発信機を取り付けていたイヤホンを、嘉山先輩がどこかのタイミングで取り違えて持っていた、ってことにした方が言い訳しやすいという小春の発想が発端になっている。北条のデスクの引き出しの中に入っていたイヤホンケースを勝手に改造し、それを嘉山先輩のそれと入れ替えた。特殊の事務室に入室した際に転んだのは演技ではないのだが、嘉山先輩の注意がノートに注がれている隙をついてすり替えを行ったのだ。嘉山先輩がたまたま北条のイヤホンと同じメーカーのものを使用していたのは僥倖(ぎょうこう)というべきだろう。

「たまたま小春さんが持ってたんですよ、この小型発信機。よく寮の鍵をなくすからって」

「まあ、僕のイヤホンケースが嘉山さんのそれと入れ違いになっていたっていう主張は納得しかねますけど」

「どのみち証拠には使わないので」


小春は例によって鑑定室のパソコンの前に座ってキーボードをかたかたさせていた。眉間にしわを寄せて難しそうな顔をしている。

彼女は僕の存在に気づくと、迷惑そうに言った。

「なんだ熊か。なんか用か」

「なんか用かって……犯行に至る経緯がわかったら教えろって、小春さんが言ったんじゃないですか」

「そーだっけ？」

僕は立ったまま、入手した情報を小春に話した。嘉山先輩の娘さんが難病を患っていること。助かるには海外での臓器移植が必要であること。その費用として数億円必要であること。ネットで募金を試みたものの、著名人が海外での臓器移植を疑問視する意見を発信したことによってあまりうまくいかなかったこと。同僚や友人には、同情されるのが嫌で頼ることができなかったこと。立花望くんとは、彼の父親である大学教授の退官祝いの場で知り合い、何度か交流を重ねていくうちに彼の能力に気づいたこと。彼を自由にする代わりに協力をお願いしたこと。僕はこのことを嘉山先輩本人から聞いた。

「ふうん？　ちょっと気になるんだけどさ、今回の場合ってインサイダー取引規制違反になるのか？　会社関係者と直接情報をやりとりしたわけでもないし。そもそも立花望が離散対数問題を解いて情報を入手したという行為は情報の盗難になるのか？」

「ご存じの通り、会社関係者から何らかの形で重要事実を知り、株取引を行った場合はインサイダー取引規制違反になり、課徴金が課されるか、悪質かつ重要な案件とみなされたときは刑事告発されることになります。ですが日本においては、『何らかの形』に盗難は含まれません。つまり、盗んでその情報を知った場合はインサイダー取引規制違反にはならないらしいんです。あくまでも規制対象者は会社関係者、あるいは会社関係者から直接重要事実を受領した者に限ります。アメリカを始めとする他国では違うみたいですけど」

「へえ。じゃあ、立花望の数学力で情報を覗き見したという行為が犯罪に値するにしてもそうでないにしても、少なくともインサイダー取引に関しては罪に問われないわけか」

「そうです。ここだけの話ですが、嘉山先輩の娘さんと奥さんは既にアメリカに渡航してドナーを待っているようです」

「ふうん。しかしさ、会社内部の人間がうっかり重要事実を聞いて株取引をしたら罪になるのに、外部の人間が盗聴のような犯罪行為で重要事実を仕入れて株取引をしても罪にはならないってことだろ？　それはなんだかアンバランスな気もするけど。ま、善悪はともかく、あいつはやり遂げたわけだな」

「そうですね……」

「まあ、放火に始まり誘拐や公務執行妨害、犯した罪が他にもあるから、やつらの行く末はわからんね。私は法律の専門家じゃねぇから予想もできねーわ。そういや、あの生意気なガキはどうなった？」

「望くんは施設に戻ることになりそうです。どの施設に行くかは、まだ決まっていないようですが。自棄を起こして自殺してしまわないか心配だったのですが、今のところ杞憂のようです。最後の清谷喜一の言葉が心に響いたのかもしれませんね」

「ふうん。もったいないな。海外の全寮制の学校にでも放り込んで、飛び級でもなんでもさせりゃいいのに。まあ、保護者がいなけりゃ無理な話か。で、お前の方はどうなんだよ。特殊でうまくやれそうか」

「ええっと、それがまだ……よくわからなくて」

「ああん？　なんだその煮え切らねえ反応は」

お茶を濁す僕に対し、小春は不審そうに眉を上げた。

今回の一件によって僕の評価が変わるのかどうかは現時点ではよくわからない。結果を出したからといって僕のイレギュラーな行動は特別褒められたものではないし、好転するどころか悪化することすら考えられるが、もしそうなったとしても後悔はなかった。

「小春さん、ありがとうございます」

「は？　なんだよ急に。気持ち悪い」

「数々の理不尽によって瀕死になっていた僕が持ち直すことができたのは、小春さんに会えたからです。初心を思い出すこともできました」

「知るかよそんなこと。勝手に思い出してろ。私は自分の仕事をしただけだ」

どこまでもぶっきらぼうな小春を見て、僕は声を出さずに笑った。証拠が残されているという確信も得られない中で、夜遅くまで火災現場を調査するのは普通に仕事の範疇を超えている。素直に受け取ってくれればいいのに、まあ、小春らしいと言えばそうかもしれない。

不条理だらけのこの組織で首の皮一枚繋がったのは小春のおかげであるのは間違いないが、最後の最後に一歩踏み出す勇気をくれた梢の存在も僕にとっては大きい。そんな梢はというと、今も挫折することなく通学を続けている。自分も含めて安定とは程遠い熊谷家ではあるが、希望がないわけじゃない。

「ま、せいぜい出世してうまいこと小春勢力拡大に貢献してくれや。さて、じゃあ一段落したことだし、今晩、行きますか」

「え？　どこに？」

「小籠包、ご馳走してくれるんだろ？　いい店知ってんだ。予告通り本当に無限に食うからな。ゴマ団子と杏仁豆腐もついでに食ってやる。値段見て青ざめんなよ」

科捜研のリトル・ドラゴンはそう言うと、八重歯を見せて笑った。

本書は、第22回『このミステリーがすごい！』大賞最終候補作品
「龍と熊の捜査線」を改稿・改題したものです。
この物語はフィクションです。作中に同一の名称があった場合でも、
実在する人物・団体等とは一切関係ありません。

〈解説〉

# 読みどころは、科学捜査のディティールやリアルさだけではない

吉野 仁（書評家）

「科捜研」と聞いて、多くの人が思い浮かべるのは、テレビドラマ「科捜研の女」ではないだろうか。一九九九年からSeason1が始まり、昨年の二〇二三年はSeason23が放送された長寿シリーズだ。俳優の沢口靖子さんが演じるヒロインは、法医研究員の榊マリコ。彼女は、DNA型鑑定、画像解析といった最新の科学捜査を駆使し、難事件を解決に導いていく。京都府警の科学捜査研究所を舞台に、榊マリコを中心とした面々が活躍するサスペンスドラマだ。とうぜん娯楽作品としての虚構を取り入れた部分も少なくないだろうが、実在する警察組織「科捜研」をもとにしているのは間違いない。

科学捜査研究所、通称「科捜研」とは、警視庁および都道府県警察本部の刑事部に設置される附属機関であり、警察内の鑑識課と協力しながら、通常の捜査や鑑識活動では解明できない事案や研究を行っているところだ。

本書、『科捜研・久龍小春の鑑定ファイル　小さな数学者と秘密の鍵』もまた、科学捜査研究所の所員が活躍する本格的な警察ミステリーなのである。

なにより、ドラマ「科捜研の女」に負けてはいないのは、強烈な存在感をもつヒロインの

登場だ。その名は、久龍小春。科捜研の物理係に所属する職員で、あだ名は「科捜研のリトル・ドラゴン」。小柄で華奢な体型をしており、大きな目と黒髪のボブが特徴的だ。ところがその容姿だけでは分からない凶暴な性格の持ち主だった。

彼女の相棒役となるのは、神奈川県警の熊谷である。彼は警察本部の刑事部捜査一課に属する特殊犯罪捜査班の刑事だ。あだ名は「熊」。身長が百八十五センチあり、体格もよく、文字どおり熊のような男なのである。特殊班に異動してきたばかりだが、初対面でいきなり小春から命令口調で指示されたり、叱責されたりして面食らってしまう。熊谷は、小春の素顔を目にしたとき、当初二十代にしか見えないと思ったものの、のちに三十前後の年齢だと知り驚いた。小春は、なにもかも見た目と違いすぎるのだ。

物語は、ある会社員の自宅に家宅捜索が入る場面で幕をあける。つづいて登場するのが海老名市内で起きた児童養護施設の火災現場だ。刑事の熊谷がそこに駆けつけたところ、すでに紺色の作業着を着てヘルメットをかぶった小春がいた。ふたりは火災現場で堆積物の除去作業を行っていく。やがて煙草の吸い殻が発見されたことから、火災の原因が特定された。そこへ児童養護施設の少年二名が連れて来られ、いま行方不明になっている小学三年生の男の子、立花望に煙草の吸い殻を片付けさせていたと証言した。そしてまもなく近所の橋から『遺書』と記された封筒が発見された。

読みはじめて驚かされるのは、科学捜査のディテールだ。勝手に思い描いていた科捜研の職員の仕事ぶりとは、エアコンの効いた明るい研究室で、最新の分析装置につないだパソコンとモニターをまえに、表示された分析結果を凝視しているイメージだった。ところが、冒頭から描かれているのは、火災現場でひたすら作業を行っている泥臭い姿なのである。さらに、そのひとつひとつが具体的で細かく描かれているではないか。たとえば「最も焼けが強いところに出火原因が眠っている」という見方により、丹念に調べあげる場面だ。もしくは現場の残骸に灯油やガソリンが含まれていないかを調べるための器具「北川式ガス検知管」といった名称まで記されている。

じつは、この『科捜研・久龍小春の鑑定ファイル』の作者である新藤元気（しんどうげんき）氏は、なんと元科捜研の研究員だったのだ。実際に物理係で仕事をしていた経験の持ち主で、画像解析、火災現場の調査、銃器刀剣類の鑑定を主に担当していたという。科学捜査に関して詳細に語られているのもとうぜんのこと。もっとも科捜研の業務は、その都道府県によって、もしくは研究員が所属する科によって異なるらしい。本作にも小説としての都合により、自身の体験とは異なる部分がまざっているらしいのだが、それでも、火災現場の検証や調査のみならず、車のナンバーを特定する画像解析など、作者が実際にやってきた経験が本作にはいくつも含まれ、詳細な描写に活（い）かされているのはまちがいないだろう。

もちろん、科学捜査のディテールやリアルさだけが、本作の読みどころではない。警察ミステリーとしての面白さを増幅させているのは、どこまでも謎（なぞ）めいた事件の展開をはじめ、それを暴こうとする久龍小春と熊谷の奮闘ぶり、その背後に隠された人間模様といった複雑な物語である。

とくに、サブタイトルにもなっている「小さな数学者」の登場とその後の展開から目が離せない。作者に、本作が生まれたきっかけを尋ねたところ、「桁数の大きい合成数の素因数分解が困難であることが暗号技術に利用されていることをなにかで目にしたのを思いだし、それが解けるような天才がいたらどうなるんだろうか」との発想から科捜研とからめてストーリーを構築していったという答えが返ってきた。そこで生まれたのが、小さな数学者なのだ。この立花望という少年が、主人公に劣らずキャラが立っている。単に作品の鍵となる人物というだけでなく、彼が追跡者に対して攪乱させるアイデアを考え出すなど、天才数学少年ならではの頭脳の明晰さを発揮するのだ。離散対数問題を語る一方で、クロスボウを扱ってみせ、さまざまな意外性をもたらす効果を物語のなかに与えている。こうした小さな数学者と久龍小春との頭脳対決のような構図が見えるあたりは興奮させられた。それが本作のオリジナリティとサスペンスをいっそう高めているのだ。

そのほか、熊谷の妹で高校二年生である梢が抱える問題や小春の両親の死に関するエピソードなど、主要な登場人物それぞれに隠されたドラマをもっている。こうした幾重にも構築されたサブストーリーもまた読ませどころだ。個人的に気になるのは、久龍小春のプロフィールである。甘いものに目がないのは、本作を最後まで読まずともよくわかるし、仕事場が横浜の中華街に近いこともあわせて、美食全般にこだわりがあるのも納得できるが、それ以外の私生活や趣味嗜好ではまだまだ謎が多い。熊谷との関係も、このまま仕事上のバディとして続いていくのか、気になるところだ。おそらく本作のシリーズ化は間違いないと思うのだが、いずれそうした部分が明かされていくことに、期待したい。

また、科学捜査研究所における小春の同僚たち、神奈川県警における熊谷の上司や先輩たち、そして喜一や公彦おじさんといった謎の男たちの登場などにも注目である。これがデビュー作とは思えないほど多彩な人物が描き分けられており、単に、キャラの立った人物が次から次へと出てくるだけではないのだ。しっかりとした存在感が彼らに感じられるのは、人が抱えるさまざまな背景や人物像をおそろかに描写してないからだろう。この事件がそもそもどうして起こったのかという真相に関しては、かなり大胆な動機を含んでいると感じられるものの、ラストまで一気に読ませる筆力には感心するばかりだ。こうした脇役陣に関しても、シリーズ化のおりには、準主役的な研究員や刑事が新たに登場し、活躍することは十分考えられる。

最後に、作者の新藤元気氏について、あらためて紹介しておこう。すでに書いたとおり、元科捜研研究員で、いまはエンジニアの仕事をするかたわらで小説を書いており、このたび第22回『このミステリーがすごい！』大賞隠し玉でデビューしたのだ。好きな作家は、森博嗣、青柳碧人、松岡圭祐、浅倉卓弥といった書き手で、海外ものではジェイムズ・P・ホーガン『星を継ぐもの』やダニエル・キイス『アルジャーノンに花束を』などがお気に入りだという。

小春と熊谷のコンビは、おそらくこれからも活躍を続けるだろう。わたしが期待したいのは、アメリカのベストセラー作家で「どんでん返しの魔術師」と呼ばれるジェフリー・デイーヴァーによる出世作〈リンカーン・ライム〉シリーズのようなスケールと驚愕にあふれた物語だ。とくに今回、科学捜査のエキスパートである小春に対する小さな数学者というふたりの構図は、リンカーン・ライムと敵対する悪党たちの関係にどこか似ている。〈リンカーン・ライム〉シリーズの愛読者ならおわかりのとおり、次々に強敵が現れ、挑戦的に怪事件を起こしていくが、科学捜査のエキスパートであるリンカーン・ライムが見事に事件を解決し、犯人の正体を暴いていく。これがシリーズのスタイルとなっている。相手が強敵であればあるほどヒーローの活躍はより面白くなるのだ。それに巧みな語りや伏線をはじめとする小説テクニックの構築によるどんでん返しが加われば、文句はない。

もっとも本作では、妹の梢を心配する熊谷の心の動きが強く印象に残っている。作者は、「読んだらちょっと勇気が出るような、弱くても頑張ろうとしている人を応援できるような、そんな作品を生み出せる作家になれたらいいなと思っている」そうだ。こうした姿勢もまた、おそらく今後の作品にも引き続き描かれていくのだろう。小春と熊谷が、次にどんな凶悪な事件に立ち向かうのか、シリーズ化の希望とともに、ぜひ愉しみにしたい。

（二〇二四年二月）

宝島社
文庫

科捜研・久龍小春の鑑定ファイル
小さな数学者と秘密の鍵
（かそうけん・くりゅうこはるのかんていふぁいる　ちいさなすうがくしゃとひみつのかぎ）

2024年4月17日　第1刷発行

著　者　新藤元気
発行人　関川 誠
発行所　株式会社 宝島社
〒102-8388　東京都千代田区一番町25番地
電話：営業 03(3234)4621／編集 03(3239)0599
https://tkj.jp
印刷・製本　中央精版印刷株式会社



Printed in Japan
ISBN 978-4-299-05379-4